憧れの学園王子と甘々な近キョリ同居はじめました♡

朱珠*

STARTS
スターツ出版株式会社

カバーイラスト／甘里シュガー

これは、純真無垢なお嬢様と、
そんな彼女が大好きすぎる学園の王子様の物語。

――?+†+?――?+†+?――?+†+?――

「会長様と、同居!?」
天然＆鈍感のピュアな少女
七瀬音羽（ななせおとは）
×
「え、なにそれ超可愛い」
影をもつ、優しい会長様
天野 翼（あまのつばさ）

――?+†+?――?+†+?――?+†+?――

「音羽だけは渡さねぇから」
「……もっともっと俺に溺（おぼ）れて」

甘い会長様との、
近キョリすぎる同居生活がはじまりました。

憧れの学園王子と
甘々な近キョリ同居
はじめました♡
登場人物紹介
ななせおとは
七瀬音羽 高1
大豪邸に住む箱入り娘の天然ピュアなお嬢様。両親が会社を経営していて不在がちなので、いつも家ではメイドさんたちと過ごしている。両親が長期の仕事で海外へ行くことになり、話し相手として翼が同居することに。
あまのつばさ
天野翼 高3
学園の誰もが知るイケメン王子で、カリスマ生徒会長。音羽の豪邸で期間限定の同居をすることに。お嬢様だから何もできないのかと思っていたけど、料理がうまかったり、頑張り屋な音羽にだんだん惹かれていって……。

濱口朔斗（はまぐちさくと） 高3

翼とは幼稚園からの幼なじみで親友。一見チャラく見えるが、根は真面目。クールビューティーな蘭を気に入っている？

宇城 蘭（うしろ らん） 高1

音羽の親友で、学校一の美女。はっきりした性格が冷たく思われがちだが、実は友達思い。いつも音羽のことを気にかけている。

木戸梨紗（きどりさ） 高3

製薬会社の社長令嬢で、翼の元カノ。一途で思い込みが激しく、別れた翼のことをいまも忘れられないでいる……？

☆contents

story3

番外編

特別書き下ろし番外編

story1

会長様と、同居!?

「えええ？　ど、同居？」
　目の前には、目を疑うほどのイケメンさん。
　イケメンさんの手元には大きな荷物。
　そしてなにより、パパが放った言葉……。
　キョロキョロするけど全く意味がわからない。
　一体これはどういうことなのでしょうか!?

　七瀬音羽、高校１年生。
　華の高校生になったばかりなのに……、ハプニングが起きました。

　時は１時間前に遡る。
「え、今日パパとママ帰ってくるの!?」
　学校から帰ってくると、メイドのハルさんから嬉しいお知らせが！
　その内容は、パパとママが久しぶりに家に帰ってくるってこと。
　わたしにとって、それほど嬉しいことはないくらいの超ビッグニュースなの!!
「はい、もうじきお着きになるはずですが……」
　ハルさんがそう言った途端、外から「お帰りなさいませ」と、綺麗にそろった声が聞こえてきた。

急いで玄関へ向かうと、そこにはパパとママが。
「お帰りなさい！　パパ、ママ」
わたしの両親は会社を経営してる。
ふたりの会社はわたしの名前からとった“羽”という意味の『Plume（プルーム）』っていうファッションブランド。
パパが経営をはじめたときに、ママがイメージモデルだったらしい。
だけど、そこでパパがプロポーズしてめでたく結婚し、ママも会社の内部の人間になったんだって。
そして、パパが社長でママが副社長だから忙しくて、わたしが高校生になった今、2週間に1回帰ってくるくらい。
だから、会えたときの嬉しさは何倍にもなるんだよね。
ふたりに抱きつきに行くと、ママはふわふわの笑顔でこう言い出した。
「ただいま、音ちゃん。今日は音ちゃんに大事な話があって、急いで帰ってきたの」
「大事な話……？」
なんだろう？
ママがそんなこと言い出すってことは相当大事なことなんだよね。
チラッとパパを見ると、頷（うなず）いて「音、居間に行こうか」と促（うなが）してきた。
「わかった」
了解して、パパたちに着いて行く。
今まで、こんなことなかったから緊張する。

……あ、もしかして、転校とか？

あるかも……。

そうだったらどうしよう。

思考回路が嫌な方向へと向かって行っちゃう。

俯（うつむ）いたまま居間に着いてソファに座ると、ママは笑顔で「音ちゃん、転校とかじゃないから安心して」と呟（つぶや）いた。

あ……。顔に出ちゃっていたんだ。

自分の単純さに呆（あき）れつつも、改めてパパの言葉を待つ。

すると、パパは「実はな、音……」と切り出した。

「パパたちは、半年間、この家に帰ってこれないんだ」

……ん？

ちょっと待って。

「は、半年間ってなにがあったの……!?」

今まで、そんなことはなかった。

いくら帰って来られないとは言っても、絶対に１ヶ月に１回は帰って来てくれていたのに。

話によると、会社関係でどうしても海外に行かないといけないらしい。

「本当にごめんね、音ちゃん。でも、音ちゃんが寂（さび）しがると思って、わたしたちも考えたのよ」

「どういうこと？」

本当に申し訳なさそうに言うパパとママを、責めるなんてことが出来るはずもなく。

黙（だま）ってママの次の言葉を待つ。

すると、ママはこんなことを言い放ったのだ。

「あのね、ある人と同居してもらおうかと思って」
　……は、はい？
「ごめん、ママ。よく聞こえなかったから、もう一度言ってもらえる？」
　まさか、同居なんてこと。
　普通に考えてあるはずないよね。
　わたしの聞き間違いだ、きっと。
　そう思って聞いたのに。
「音が寂しくないように、パパの友達のお子さんと同居してもらおうかと思ってるんだ」
「そんな……！」
　わたしのこと考えてくれているのはわかるけど。
　提案が急すぎるよ！
「大丈夫だよ？　メイドさんだって、お手伝いさんだって、たくさんいる。留守番も慣れてるよ！」
　同居って。
　誰かもわからない、赤の他人と？
　無理だよ……。
「音。そう言わずにさ、お願いだよ」
「音ちゃん。もうあちらには了解を得てもらってるのよ」
　パパとママ、ふたりで泣きつくのはやめてほしい。
　わたしが納得しないとパパたちが困るってわかっているんだけれど。
「でも、今までも長く帰って来ないときあったよ？　それで同居って、話が飛躍しすぎてる気がするの」

そこが引っかかる。

なにか断れない理由でもあったのかな……？

ふたりに尋ねると、パパは苦い表情で「音、勘(かん)づいたか」と言った。

やっぱりなにかあったみたい。

「実はその友達は、有名な医者でね。あちらも忙しくて、なかなか家に帰ることが出来ていないそうなんだ。うちのようにお手伝いさんはいないようだし」

そうなんだ……。

わたしと似たような境遇……といっても、家に誰もいないんだったら、きっとわたしより寂しい。

「うちの海外行きが決まって、娘が心配だと相談したんだ。そうしたら、彼は『よかったら半年の間、音羽ちゃんの話し相手にでも、うちの子を七瀬家へ行かせようか』と言ってきてくれたんだよ」

そういうことだったのか……。

うちの家には人がたくさんいるけれど、皆(み)んなお仕事で忙しくて、私の話をゆっくり聞いてくれる余裕なんてない。

話し相手、か。

フラットに考えたら、それほど気に病むことでもないような気がしてきたよ。

「わかった。その人と半年間、頑張るから、パパたちは安心して行ってきて」

ホントにホントに寂しいけど。

パパたちのためなら。

「音、ありがとう！　やっぱり音はうちの自慢の娘だ」
　ちょっぴり頼りないパパだけど。
「えへへ。頑張ってきてね」
　そんなパパとママの会社が成功して、ふたりが笑顔になってほしいし。
「ありがとね、音ちゃん」
　ママにも、同様に「うん」と頷く。
　って、まず、気になることが解決してない！
「パパ、その人ってどんな人なの？」
　少し不安なんだよね。
「大丈夫だ。とても頼りになる方だから」
　パパがそう言うなら、大丈夫かな。
　うーん。
　何歳だろう？
　美人さんかな？
　仲良くなれるかな？
　いろいろ考えるけれど。
　案ずるより産むが易し！
　明日までに、心の準備をしておこう！
　そう、意気込んだのに。
「あ、もうすぐ、来るはずなんだけど」
「ママ……、今なんて言ったの？」
「え？　もう、その方、うちにいらっしゃるのよ」
「どういうこと?!」
　急すぎないかな？

さっきの今だよ！

ママったら、悪びれもなくきょとんとしてるし……。

わたしがダメって言ったら、どうするつもりだったんだろう……。

まあ結局、わたしは断らなかったし、そのことも全部読まれてたってことだよね。

……さすが、ママ。

わたしのことよくわかってる。

産みの親ってすごいね。

……って、感心してる場合じゃない！

ピーンポーン。

ほら、来ちゃったよ、その人！

まだ心の準備出来てないのに。

「お迎えに行くわよ？」

鼻歌を歌ってても不思議じゃないくらい、上機嫌なママ。

なんでそんなに嬉しそうなの！

玄関に向かうパパとママに渋々着いて行く。

……テンション下がって来たよ。

その子と仲良くなれるか心配だし、同居生活が上手くいくかも気がかりだし。

いつもはあまり感じない長い廊下(ろうか)が、不安のせいで余計に長く感じる。

でも、ほんの少し、楽しみな気持ちもあるの。

なんにしろ、なんとかなるよね！

考えすぎると石になっちゃうって前、いとこのお兄ちゃんに言われたし。

将来のことなんかと比べれば、こんなのちっぽけなことだよね。

そんなことを考えていたら、いつの間にか玄関が見えてきた。

３人ほど知らない誰かがいる気がするけど。

……ん？

男の人？

じっと目を凝らすけど、女の子が見当たらない。

その子だけまだなのかな？

緊張しちゃって無理になったとか？

んー、あり得る！

なーんて思っていると。

「百合ちゃん、久しぶりね！」

「志歩ちゃん、ほんとに久しぶり！　ここまで迷わなかった？」

あちらのお母様とわたしのママ、手を取り合って喜び合ってるではありませんか。

って驚いてたら、

「七瀬、久しぶりだな」

「天野、何年ぶりかな」

こちらもこちらで再会に浸ってるし！

残された、わたしと謎の男の人。

ちなみにその人、すごいオーラを放っていて。

サラサラの黒髪。切れ長の瞳。

一見クールな印象を持つ顔立ち。

立ち姿だって、スタイル抜群で華がある。

とってもカッコいいイケメンさんなんだ。

モデルさんかと疑っちゃうほど。

わたしよりも頭ふたつ分くらい背の高い彼を見上げるのは、ちょっと首が痛かったりする。

なにか、話さなきゃだよね。

「あの、どちらさまですか？」

「は？」

え!?

わたし、なんか変なこと言ったかな!?

目の前の男の人、ポカンとしてるよ！

「いや、あの、名前知らないので……」

初対面なんだから、聞くの当たり前だよね？

不安になってきたよ、自分に。

「あんた、桜ヶ丘学園の生徒だよな？」

なのになのに。

質問を質問で返されちゃったよ。

――わたしが通う桜ヶ丘学園は、世間で“華の桜ヶ丘”と呼ばれている有名私立。

いわゆる政治家の息子や芸能人の娘なんかがわんさかいるお金持ち学校。

校舎だってどーんと大きくて、古くからある伝統的な佇まいだけれど、手入れが行き届いているからとっても綺麗なんだ。

　ちなみに、小等部から大学部までエスカレーター式で、小等部から入学したわたしは、ここでの学生生活しか知らない。

　……そんな生粋の桜ヶ丘育ちのわたしを知っているってことは、この人も同じ高校なのかな？

　考えてみればどこかで見たことがあるような……。

　噂に疎いわたしにはわからないよ。

「そうですけど……」

　不信感が募る。

　名乗らずに高校聞くって、もはや不思議をとおり越して怖いんだけど！

「なら、俺のこと知ってるんじゃない？　天野翼って聞いたことないか？」

　自意識過剰じゃないですか？

　“天野翼”さんなんて、聞いたこと……。

　ん？

　アマノツバサ……？

「ま、まさか生徒会長様じゃ……」

　口に出してから、ないないと否定する。

　そんなことね、マンガじゃあるまいし……。

「そうだけど」

　うそー!!

「えええ！　なぜその会長様がうちに？」

　うちの高校の生徒会長と言ったら、学園内に知らぬ者はいない、超カリスマ!!

容姿端麗（たんれい）、成績優秀、スポーツだって出来る。模試では毎回学年一位。そしてなんと言っても“華の桜ヶ丘”のトップだから有名人。

会長になってからも、校則を生徒に受け入れやすく改善したというやり手なの。

それが出来るのは先生方の絶大な信頼を得ているから。

噂ではファンクラブまで存在するんだそう……。

そんなお方がどうしてうちにいらしてるの!?

頭に浮かぶ疑問に早く答えてほしくて、じっと会長様を見る。

「俺とあんたは、今日から同居するから」

……ふっ、なにを言う。

わたしはね、そんな言葉に騙（だま）されないんだよ。

「いやいや、会長様。嘘（うそ）はだめですよ？」

わたしと同居するって、そんなことあるわけない。

男の人との同居なんて、パパとママが許すはずがないよ。

きっと、あなたの妹さんとかでしょ？

会長、冗談とか言うタイプなんだ。

貴重な情報を入手しちゃった。

「ああ、音。言ってなかったけど、この方が同居相手だよ」

え、え、え!?

「パパ、男の人だよ、この人！　なのに一緒に住むとか冗談だよね？」

普通ないよ！

年頃の娘と男の人がひとつ屋根の下とか、親なら止めてほしいところだよ！
「音ちゃん。翼くんは誠心誠意の善意でこの話を受けてくださったのよ。だから、大丈夫」
　ママ、ウインクまで飛ばしちゃって。
　どうしてそんなにハイだったのか、わかった気がするよ。
　会長様が、イケメンだからでしょ。
　ジトッとママを見つめるけど、知らんぷりされた。
「音羽さん。不安なのはわかるのよ。でも、翼にはちゃんと言い聞かせてるから、安心して」
　う……。
　会長のお母様の言葉に、頷きそうになるけど。
　まだ少し、不安が残る。
「お願いだ、音。翼くんが快（こころよ）く引き受けてくださったんだから、いいだろう？」
　パパの言葉に、会長様のお父さんも頷いている。
　そこまで言われたら、首を縦に振ることしか出来ないよね……。
　よし、うじうじ考えるなんてわたしらしくない！
「……わがまま言って、ごめんなさい。この人と、同居生活、頑張ります！」

　そして、今に至る。
「じゃあ、行ってくるわね～」
「元気でな、音」
　運転手さんが準備した車に乗って、パパとママは笑顔でわたしたちに手を振った。
　ああ、ついに行ってしまった。
　玄関のドアがパタンと閉まって、そんな思いにとらわれる。
「名前。音羽、だっけ？」
　ドアをじっと見ていたら、会長様が話しかけてきた。
「あ、そうです。音羽で大丈夫ですよー」
　変に意識しないことにしよう。
　いつも通りのわたしでいこう！
「わたしは、天野会長って呼びますね！」
　どこか距離感ある気がするけど、会長様は会長様なんだから、仕方がない。
「……俺のことは、翼でいいから」
　いや、仮にも２個も年上の人に呼び捨ては出来ないよ？
　しかも、学校でバレたらすごい大変なことになっちゃうし……。
　なんてったって、カリスマ会長と同居とか、ファンクラブのお姉さま方に抹消(まっしょう)されちゃうよ。
　自分で想像しといて、怖くなってきた。
　難しい顔をしていたわたしを見て、会長様は「学校のこと、気にしてんの？」と聞いてきた。
「はい。だから、天野会長でいいですか？」
　ご厚意には申し訳ないけど。
　そう思って言うと、会長様は「いいこと思いついた」と呟いた。

「学校では、天野会長でいい。でもふたりのときは、名前で呼んで」

　さすが会長、とってもいいアイデアだ！

「わかりました！　翼くんと呼びますね」

　わたしの言葉に頷いた翼くん。

「音羽って、いつも笑顔だよな」

　そこでいきなりそう言った。

　今日、会ったばかりなのに『いつも』って違和感。

　そう思ったけれど、生徒会長様だから全校生徒に気を配ってるんだ、ということにして返事をする。

「笑顔は自分も、周りの人も幸せにしますから！」

　なにか辛いことがあっても、笑顔でいたら元気が出る。

　わたしはそう信じてるんだ！

「……いいこと言うじゃん」

　わわっ……翼くんに褒められたよ。

　会長様に褒められるなんて嬉しすぎる。

　心なしか、翼くんだって微笑んでいるし。

「えへへ、ありがとうございます」

　お礼を言いながら「お部屋、案内しますね！」と声をかける。

「さんきゅ」

　頷く翼くんを見つめ、同居生活は楽しくなりそうな予感がした。

会長様は、オムライスが好きです。

「翼くん、今日の夜ご飯はなにがいいですか？」
　その日の夜。
　ママが「いっそ花嫁修業しちゃいなさい！」と言ったことで、平日はわたしが食事を作ることになったために、キッチンに立つ。
　ハルさんやシェフは心配の表情を隠しきれてなかったけれど、説得したら渋々頷いてくれたんだ。
　ということで、まず翼くんの好きな食べ物を調査！
　なにを作ろうか迷うな……。
　これから半年間、一緒に住むんだから、それくらい知っとかないとね。

「……オムライス」
　ん？
「オムライス……って聞こえたんですけど、わたし、聞き間違えましたか？」
「合ってるから」
　即答されたけど、意外すぎて目を丸くする。
「どうせ、意外とか思ってるんだろ」
　そんなわたしの様子でわかる翼くんは、勘がいいのかもしれない。
「はい、わたしのイメージでは、なんとかのソテーとかムニエルとか、そういう系かと思ってました」
　オムライスなら、わたしにだって出来るよ。
　豪華な外国の料理とか言われるかと思ってたもん、わたし。
「ふっ、なんだよ、それ」
　わたしの言葉に、翼くんは優しい笑みを浮かべた。
　翼くんって、こんな表情もするんだ……。
　思わず、見惚れていると「なに、どうしたの？」と不信そうに聞いてきた。
「えへへ、翼くん、笑ったら可愛いですね」
　今日、最初に見たとき、無愛想なのかと思ってたけど。
　間違ってたかもしれない。
「……男にその感想は嬉しくないんだよ」
　翼くん、ふいっとあちらを向いて言うけど。
　耳が少し赤いですよ？
　みんなが知らないであろう翼くん、もとい天野会長を知れて、少し嬉しくなる。
「音羽って、天然ってよく言われない？」
　ふふ～んと、鼻歌を歌っていたら呆れたように翼くんが聞いてくる。
「あ、親友の蘭には言われますよー」
　天然って意味、よくわかってないの。
　蘭にどういう意味？って聞いても、「そういうところが天然なの」って言われちゃって、結局どういうものなのかわからなかったんだ。

「やっぱりね……」

蘭とのエピソードも付け加えると、うんうんとしきりに頷いている翼くん。

翼くん……、蘭と気が合いそうだ。

「それじゃ、オムライスでいいですか？」

話を戻して、そう聞く。

「うん、いい」

そうしたら、翼くんは素直に答えてくれた。

「出来るまで、しばらく待っててくださいね」

料理は結構好き。

オムライスは、ハルさん直々(じきじき)に作り方を教えてもらったばっかりだしね。

ハルさんいわく、『オムライスは、初心者料理の基本です』らしい。

わたし自身、あまり食べたことがなかったけれど、専門店に連れて行ってもらったときに、その美味しさに感動したの！

オリジナルの作り方も、シェフの人に教えてもらったんだ。

美味しいものを作って、翼くんに喜んでもらいたいな。

そう思って早速作り始めていると、じっと視線を感じた。

視線の主は翼くんで。真っすぐ見つめる綺麗な瞳に、ドキドキせずにはいられない。

「そ、そんなに見られたら、緊張しますよ」

緊張して指ケガしましたとかなったらどうするの！

ちょっとのかすり傷でメイドさんたちが飛んでくるのに！

ハルさんなんか、ショックで倒れちゃう予感……。

そして、きっと料理を禁止される。

……そんな未来が容易に予想出来てしまう。

「俺、ちょっと音羽のこと見直したかも」

「え……？」

突然の言葉に戸惑う。

『見直した』って、……どういうことだろう？

「お嬢様だから、シェフに全部作ってもらってるだろうって。こんなに手際よく出来ると思ってなかったし。……なんかごめん」

ああ、そういうことか。

よく勘違いされることだからね。

「わたし、ママによく言われるんです。この環境に甘えるんじゃなくて、自立出来る立派な人になりなさいって」

翼くんの言う、お嬢様になろうと思えばなれる環境にあったけど。

そんなの嫌だし、パパたちを支えてあげられないもん。

ちょっと、過保護なところもあるけどね。

「そっか……。音羽のお母さんは素敵な人だな」

「はい！」

大好きなママを褒められて口元がゆるむ。

自分のことを褒められるより、断然嬉しい。

ゆるゆるに顔をほころばせているわたしを見て、「音羽も、いいやつだな」と、翼くんは微笑む。
「そんなことないですよ！　でも、ありがとうございます！」
　わたしのことを、こんなにもすぐ理解してくれて。
　人を褒められる翼くんの方がとても綺麗な心なんだろうな、と思う。
「……可愛い」
「え？」
　翼くんがボソッとなんか……可愛い？　とかなんとか言った気がするけど、気のせいかな？
　まあ、そんなこと、あるわけないか。
「いや、なにも」
　現に翼くんがそう言うから、そうなんだろう。
　わたしの幻聴(げんちょう)か。
　……って、なに期待してたんだろ！
「それはともかく、早く作りはじめて」
　急(せ)かす翼くんがちょっと可愛い。
　オムライスには欠かせないハルさん直伝のソースを煮込んで、翼くんに喜んでもらおう！

「かーんせーい！」
　そのあと、約１時間。
　翼くんに見守られながら、オムライスが完成した。
「超美味しそうなんだけど」
　出来上がったオムライスをまじまじと見て、翼くんがそんな嬉しいことを言ってくれる。

……照れるなあ。

ハルさんたちが、オムライスをダイニングルームへ運んでくれた。

「とりあえず、いただきますしましょ！」

頬が少し上がるのを自覚するけど、待て待てと心を落ち着かせる。

……見た目が良くても、味が良くないとね。

まず、わたしの料理が翼くんの舌に合うかどうかが問題。

「おう」

翼くんが頷いて、椅子に座る。

わたしの前の席についた翼くんをチラッと盗み見て、またまた口角が上がってしまう。

ニヤニヤしているわたしを見て「なに？　俺の顔になんかついてる？」と尋ねてくる翼くんに、慌てて首を横にふる。

「違います！　ただ、誰かと同じテーブルを囲むって、幸せだなーって思ったんです」

変なやつって多分思われてるんだろうな。

でもわたしにとって、誰かとの食事ってすごく素敵なことだと思う。

当たり前に同じ食卓を囲めるわけじゃないし。

ひとりの食事とじゃ、味も全然違って感じるしね。

「そうか。ま、とりあえず食べようぜ」

よほどお腹が空いてたんだろう。

　特になにも反応することなく、早速食べ始めようとする翼くん。
　でも、それだけ楽しみにしてくれてたんだって思うと、まあいっか！ってなっちゃうね。
「はい、いただきます！」
　……さて。
　同じく手を合わせた翼くんに視線を送る。
　失敗してないかな。
　まずくないかな。
　美味しいって思ってもらえるかな。
　あ、これ結構緊張するね。
　ドキドキしてきたよ。
　固唾(かたず)を呑(の)んで、翼くんの第一声を待つ。
「ど、どうですか？」
　そう聞いたら。
「マジで、美味しい」
　キラキラの表情の翼くんの言葉が返ってきた。
「よかった、です！」
　安心したよー!!
　やった、なにこの達成感！
　褒めてもらえるって、こんなに嬉しいんだね。
「いや、ホントに音羽すごすぎ。こんなに美味しいオムライス、初めてなんだけど」
　翼くんったらぁー。
　嬉しいこと言ってくれますね！

「翼くん、お世辞が上手すぎですよ！」
　そんなに絶賛してくれるなんて。
　頑張って作った甲斐があったよ。
「音羽も食べなよ」
　褒められた余韻に浸っていると、そう声をかけてくれた翼くん。
「はい!!」
　自分の舌でも確認しなきゃね？
　もしかしたら本当は美味しくないかもだもんね。
　翼くん、いい人だからお世辞あり得る……！
　なんて考えながらひとくち分を口に運ぶ。
　――パク。
「っ！　美味しい！」
　なにこれ！
　自分で作ったとは思えないよ！
「だろ？　ホントに美味しいんだよ」
「はい！」
　なぜか翼くんが誇らしげにしているけれど。
　なんにしろ、よかった！
　達成感と嬉しさに浸っていると、翼くんは「また、作ってよ」と微笑んだ。
「任せてください！　いつでも作ります！」
　お願いされたなら、それに応えるのが当たり前だよね！
　ほかの料理もたくさん練習して、また美味しいって言ってもらえるように頑張ろう。

そう思っていると。

「ごちそうさま」

「え、もう食べ終わったんですか!?」

翼くん、わたしなんかまだ半分も食べ終わってないのに。

早すぎない!?

「音羽のオムライスが美味しかったから」

またまた、こうやってわたしのことを甘やかすんだよ。

「えへへ、嬉しいです」

今日、出会ったばかりとは未だに思えない。

さっきまでめちゃくちゃ不安だったのが不思議なくらいにね。

「翼くんって、優しいですね！」

まだ、出会って全然経ってないけど。

これだけは確実だと思うんだ。

「……俺のこと優しいとか言うの、音羽だけだよ」

なのになのに。

「えー？　そんなことないですよ！　わたしの目は、間違ってないですから！」

昔っから人を見る目はある方だと、自負してるもん。

「いや、間違ってるから」

意地でも、認めないらしい。

「いいですよー！　翼くんが優しくてステキな人だって、わたしだけが知ってればいいんですー」

ホントにそうなら。

みんなは見る目がないね。

……まあ、さっき知り会ったばかりの人間が言えることじゃないかもだけどね。

「ホント、天然ってタチ悪い……」

「ん？　なにか言いました？」

よく聞こえなかったな。

最近、耳が遠くなったかも……。

「別に。音羽が、天然だってこと」

「え!?　今の発言のどこがですか？」

至(いた)って、普通の言葉を話しただけなのに。

「全部だよ。そういうとこも」

むー……。

「それって、褒めてるんですか？　貶(けな)してるんですか？」

苦笑(くしょう)してるし、翼くんったら。

「ま、そこが音羽のいいところだと、俺は思うけどな」

質問には答えてくれないくせに。

すごい嬉しいこと言ってくれるんだから。

わたしのこと、もう見抜かれてるよ！

「翼くんは、褒め上手ですね」

ほかの女の子にも、そうなのかなーって。

思っちゃうよね。

……って。

わたしったら、なんで気になってるんだろう。

まさか……、わたし……。

いや、落ち着け、音羽。

一目惚(ひとめぼ)れとか、わたし、信じてないから！

「音羽といると、調子狂(くる)うから」
　困ったような、微笑んでいるような、不思議な表情をして、そう言う翼くん。
「だって俺、もともと超がつく女嫌いだし」
「え……。そうだったんですか？」
　それじゃあ、わたしに近寄ったら、危ないじゃないの！
　早く言ってくれないと、わたしのほうだって対処出来ないよ！
　……ん？
　でも、それならなんでこの話、引き受けたんだろう。
　最初、出会ったとき、わたしが女だってこと知ってたよね。
　考えれば考えるほど、頭がこんがらかる。
「俺だって、最初はふざけんなって思ったけど。……音羽が同居相手って聞いて、それから学校で音羽のこと、密(ひそ)かに観察してたんだよね」
　え、ウソ！
　わたし、変なことしてなかったかな？
　あ、待って。
　一昨日、蘭に創作(そうさく)ダンス見せたばかりだ！
　あれ、蘭に「音、とうとう頭おかしくなったの？」って真顔で言われたんだよ……。
　見られてたら、恥(は)ずかしいことこの上ない！
　絶対に引かれてるよ……。
「そしたらさ、なんか変なダンス踊(おど)ってるし」

やってしまった！
思いっきり見られてたよー!!
最悪だ……。
「引きましたよね……」
自分で聞いといて、返事が怖いよ。
ああ、あの頃の自分を崖(がけ)から落としてやりたい！
「うん」
まさかの即答(そくとう)。
「ですよね……。ははっ……」
ダメージきついよ。
「でも、迷子の犬を助けてあげたり、弁当忘れたやつに分けてあげたりしてる音羽見てさ、めっちゃ感心した」
あ……。
誰にも見られてないって思ってたのに。
助けてるところを見られてるのって、どこか照れくさいんだ。
「そんな……、わたし、翼くんが褒めてくれるような人間じゃないんですよ？」
翼くんは、わたしのこと買いかぶりすぎだよ。
「音羽さ、そっくりそのまま返すけど。それなら、俺だけが知ってればいい、音羽のいいところ」
翼くん……。
「ふふっ、わたしたちってなんか、似てるのかもですね」
直感的に、そう思った。
「……かもな」

同志ができるって、嬉しいね。

こんなにもすぐわかり合えるって、人ってすごい。

今日一日、いろいろ学んだなあ。

「翼くん、半年間、よろしくお願いします！」

今更(いまさら)だけど。

伝えたいときに、伝えるのが一番だよね。

「ああ。よろしく、音羽」

翼くんが、同居相手で良かったって、身にしみて感じた、一日だった。

会長様は、有名人です。

「えええ？　あの会長と同居？」
「ら、蘭ったら、声が大きいよ」
　朝。
　昨日の出来事を逐一蘭に伝えると、この反応。
　いつもクールビューティな蘭さんでさえ、これなんだから。
　改めて、わたしに起きた出来事が稀だということを思い知る。
「ご、ごめん。……って、それ本当なの？」
「蘭……。近いよ」
　興奮しすぎて、顔が近すぎるという事態。
「そんなのいいから。……で、どうなの？」
　食いつき気味に、そう言う蘭。
　どうって……。
　昨日の出来事を振り返ってみる。

　あのあと、他愛のない話をしていたら、満月が見えて。
　ふたりで窓から身を乗り出して眺めていた。
　隣にいるのが違和感なくて、居心地良くて……。

「楽しい、かな」
　率直にそんな言葉が出てきた。

「……音。あんた、なにちゃっかり楽しんじゃってんのよ！」
「いひゃい、らん、いひゃいよー！」
　ほっぺをムニーっとつねられて、声をあげる。
「音。会長って女嫌いって噂なのに、なんか言われたり、されたりしてないの？」
　心配そうに聞いてくる蘭。
　わかりにくいけど、蘭はとても心が優しいから。
　安心させなきゃ。
「大丈夫だよ！　翼く……、じゃなくて会長は、優しくてとってもいい人だから」
　自信満々に胸を張るわたしを見て、蘭は「音がそう言うなら、大丈夫だよね……」とひとりで呟いている。
「うん！」
　蘭は、わたしのことを信じてくれる、大切な親友。
　今まで、たくさん感謝してきたもん。
「でも、なにかあったら、すぐに言うこと！　わかった？」
「はーい！」
　元気よく返事をしたわたしを見て、蘭は苦笑いする。
「よし。……って、あ。会長たち、来たんじゃない？」
「ほんとだ！」
　ちなみに、言っておくと、わたしたちは別々の時間に家を出ている。
　まあ、モテモテな翼くんのファンにバレたら、ただじゃすまないから。
　一応、車登校だからバレる心配は少ないけどね。

「今までは、会長とか興味なかったから、どんな顔なのかも知らなかったけど」

バーンッと机を勇ましく叩いて立ち上がった蘭。

……おしとやかな蘭が生き生きしてる！

そんなことを思いつつも気になるひとことが。

「音。見に行くよ！」

「ちょちょ、わたしも？」

ええ！

気になるなら、ひとりでササッと見に行って来ればいいのに～！

「当たり前でしょ！　ほら、立って」

「うー……」

無理やり、廊下に連れ出されるわたし。

でも、まあ、会長の制服姿も見たいから、いいかな！

蘭に連れられて、外に出る。

背伸びして遠くを見ると、そこには背の高いふたりの男子が。

……と。

「おー、すごい人気じゃこりゃ」

なんと廊下には、女子女子女子女子!!

しかも黄色い声まで！

で、出待ちとかいう……!?

会長は、アイドルですか……？

「んで、どっち？」

あまりの人気ぶりに目を白黒させていると、蘭がそう聞いてきた。

　蘭の言う『どっち』は翼くんのことだよね。

「右にいる、黒髪の人！」

　左にいる人は、見たことない。

　翼くんと仲良いのかな？

　……にしてもさすが会長様、制服姿もカッコいいなあ、なんて。

　ひとりでにやけてると「あーね。あの無愛想な方ね」と蘭。

　し、失礼な！

「あっちの左の人がチャラいんだよ！　きっと」

　確かに、翼くん全く笑ってないけど！

　女の子たちを見る目は冷たいけど！

　それと対照的に横の人は、ニコニコと女の子たちに手を振っている。

　そのおかげで、翼くんが余計に冷たく見えてしまってるんだ。

　……絶対、チャラいよね。

　髪の色だって、金色に近い茶髪だし。

　でも、翼くんの友達だから。

　悪い人では、ないとは思う！

「かもねぇ」

　うんうんと頷く蘭。

　わたしの目は間違ってなさそうだ。

「会長、ホントに女嫌いっぽいわ」

蘭がそう控えめに呟く。

その言葉に思わず同意したくもなるけど、家での様子とあまりにも違うから微妙な感じがする。

「でも……、家ではあんな感じではなかったよ」

蘭にも一応伝えておく。

翼くんが嫌な人って勘違いされたら、なんか残念だもん。

「それは、一緒にいるのが音だったからだとみた」

「ドユコト？」

わたしだったからって、適当じゃない？

「そこがね、音の魅力なのよ」

「魅力……」

しみじみと言う蘭の言葉に、ジーンと心が温まる。

それって褒めてくれているんだよね。

「えへ、ありがとう、蘭。大好き！」

ぎゅーっと抱きつくと、よしよしと頭を撫でてくれる蘭。

「あー、こんな可愛い子と同居って……。会長、大丈夫かしら」

「え？」

……大丈夫って、なにが？

蘭の言葉にハテナを浮かべていると「音は知らなくていいの」だってさ。

「ひどいー！　教えてよ！」

なに、寂しいよ！

「嫌よ」

いや、冷たいっ！

いきなりの塩対応はついていけないよ。

温度差かなり厳しいこと。

心の中でツッコミを入れていると、蘭が「あ、もう会長たち行っちゃうよ」とわたしに声をかけた。

「あー、本当だ」

廊下を通り過ぎる翼くんたちを、後ろ髪引かれる思いで見送っていると。

バチ！

わ！　思いっきり目、合っちゃった！

見てたのバレた！

羞恥心に顔を赤くしていると、翼くんはフワッと笑って教室に入っていった。

なななな!!

なんだ、今の！

不意打ちは心臓に悪いよ!?

「え。今の、音にしたよね？」

目を見開いてる蘭にすぐさま頷く。

わたしの勘違いではないのなら、そういうことになる。

「う、うん……」

未だボーッとしてるわたしを見て、蘭は呆れた顔でため息を吐いた。

「あんたたち、昨日会ったばかりだと思えないわ」

そんなに仲良さそうに見えたのかな!?

照れるなぁ、あはは。

なーんて思っていると。

「きゃー！　今のわたしにしたよね!?」
「アンタなわけないでしょ！　わたしよ！　絶対」
「違うわっ！　会長はわたしに笑いかけたのよ！」
……お姉さま方が、激しく言い争ってるではないか。
うわぁ……。
これ、わたしってバレたらとんでもないことになっちゃうやつだね。
地の果(は)てまで追いかけられそう……。
こ、怖いよ。
勝手な被害妄想(もうそう)に頭を悩ませていると、蘭が「もう、教室に戻ろうよ」と促した。
「そうしようか……」
それがいいね、うん。
会長の人気度が改めてわかったことだし。
蘭と一緒に教室に戻ると、途端(とたん)にブブッとスマホが鳴った。
「誰だろう……？」
見ると、なんと昨日連絡先を交換したばかりの翼くんからメッセージ！
どうしたんだろう？
早速開けると、そこには。
「昼休み、屋上に来て……？」
簡潔なメッセが書かれていた。
「なに？　呼び出し？」
ニヤニヤとわたしを見つめる蘭に、すねたように頬を膨(ふく)

らませる。
「冷やかさないでよー」
　蘭に反論しながら、翼くんに返信を送る。
「【なんでですか】……っと」
　ポチっと送信ボタンを押すと、すぐに既読がついた。
　ブブッ。
　はやっ！
「んーと、なになに……。【さっき横にいたやつが、音羽に会いたいってうるさくて】だってさ」
　なぜか蘭がちゃっかり文面読み上げてくれてるけど。
　蘭が「呼び捨てとか聞いてない！」と叫んでるけど。
　なるほどと、納得する。
「【それなら、わたしも蘭を連れて行きます】……と」
　これで完了！
　小さくガッツポーズをしていると、蘭が驚いた様子でわたしの拳をチョップした。
「なにも完了じゃないから！　なんでわたしまで連れて行くの!?」
　さっきのわたしみたいに声を上げる蘭。
「え～？　だって、ひとりで知らない人のところ行くの嫌だもーん」
　幼稚園児のような言い訳だけれど。
　頼りになる蘭と一緒がいいもんね。
　もう、翼くんからも【了解】って来てるもんね！
　久しぶりに蘭の悔しそうな顔、見たかも！

いつもは蘭が一枚うわてだからね。
「……わかったよ。一緒に行くわ」
「それでこそ蘭だよー！」
蘭は優しいもんね。
感謝してるよ、ホントに。
「いざ、戦闘！」
うん……。
意気込んでる蘭には悪いけど。
……戦闘じゃないよ？
「ふふっ、昼休みが楽しみね」
いや、本当にどういう意味で言ってます？
蘭さん。
「おーい、席つけー」
ガラッと、ドアが開いて入ってきた担任。
「それじゃ」
そう言って自分の席に戻って行った蘭。
……昼休み、どうなることやら。

「っていうか、屋上って入っていいわけ？」
昼休み。
蘭と昼食を持って、屋上に向かうものの。
蘭のその言葉に確かにと考える。
……立ち入り禁止だよね、多分。
わかってるのかな？　翼くんたち。
でも、慣れてそうだったけど……。

　うーん、考えるより行った方が早そうだね。
「あ、開いてる」
　着くと、普通に開いていた屋上のドア。
　それを通って中に入ると。
「ドア、閉めといて」
　と、呑気(のんき)な声が！
　とりあえず、声の主の言う通り、ドアを閉めるものの。
　……どこにいるんだろうか？
　あたりをキョロキョロ見回すけれど。
　どこにも人影がない。
「こっち、こっち！　上、見て！」
　さらなる声に上を向くと。
「あ、翼く……じゃなくて、会長！」
　翼くんと、声の主、発見!!
　もうひとりの男の人、手なんか振っちゃってます。
　人見知りとかなさそうなタイプに見える。
「どうやってそこまで行くんですか？」
　もっともな疑問をぶつける蘭。
　ここからふたりのいるビル３階くらいの高さを飛べって言われたら、それは丁重(ていちょう)にお断りさせていただくからね。
　蘭の質問に答えてくれたのは、今度は翼くん。
「あっちの階段から登って来て」
　なるほど。
　そんな仕組みがありましたか！
「いま行きます！」

ビシッと敬礼（けいれい）して、階段の方へ向かって歩く。
「え、この子めっちゃ可愛いんだけど」
「……おい。手出したらわかってるよな？」
「すみません、調子のりました」
その間、会長たちがそんな会話をしていたなんて知りもしなかった。

「ええっと、俺は濱口朔斗（はまぐちさくと）。翼の幼稚園からの幼なじみでーす」
最後はウインクまで飛ばす濱口先輩。
これは、女の子扱い慣れてるね……。
甘い顔立ちをしているけれど、その耳にはピアスが両耳で４つも付いている。
翼くんと並んでいるとギャップがすごい。
「よ、よろしくです。濱口先輩」
ペコリとおじぎをすると「なんか距離ある～。朔斗でいいよー！」と言う濱口先輩もとい朔斗先輩。
「はい！　朔斗先輩ですね！」
親しみやすい人なんだろうな。
場を盛り上げてくれるし、空気の読めるタイプみたい。
「もう、音羽ちゃん、ホント可愛い！」
か、可愛い……!?
「か、可愛くなんかないですよ！」
お世辞が上手なんだから！
わたしなんかが可愛いなんて、朔斗先輩の目は大丈夫かな!?

「おお。噂どおりの天然姫で」

　また天然って言われちゃったし。

　わたし、ちょっと自分を見直そうかな……。

「わたしは、宇城蘭。音とは、生まれた頃からの親友です」

　親友だって！

　蘭ったらわたしのこと、そう思ってくれてたのね。

「蘭ちゃんね。よろしく」

「はい。朔斗先輩、よろしくお願いします」

　ニコニコの朔斗先輩と、真顔の蘭。

　ここにも温度差感じちゃうよ！

　でも、そんなの気にしないかのように振る舞う朔斗先輩。

　多分、普段の翼くんは塩対応だから、慣れてるんだろうなぁ。

　そう思うと、どこか親近感が湧いてきた！

「俺は、天野翼。この学校の生徒会長をしてるから、宇城も知ってるんじゃないか？」

「あ、名前くらいは……」

　わたしたち、そういうのに疎いからね。

　蘭の言葉に頷く翼くん。

「わたしは、七瀬音羽です！」

　こうなったら、みんな知ってると思うけど、とりあえず言っとかないと。

　それがフェアってものだからね。

「いやはや、音羽ちゃんが翼の同居相手で、安心したよ」

安心されるようなことは、なにもしてない気がするけど……。
まあ、そう思ってくれたのなら、いいってことだ。
「音羽は、すごくいい子ですから」
自分のことのように言う蘭。
愛を感じるよ、すごく。
「ははっ、蘭ちゃんも可愛い」
……うん、この人タラシだ。
蘭は渡さないからね！
一生わたしのものだからね、ダメだからね！
「なっ……」
赤くなってる！
あのクールな蘭が赤くなってる！
恐るべし、タラシの力。
「おい、やめろ朔斗。そんなんだから、女子にタラシって言われんだよ」
あ、やっぱり言われてたのね。
「えー？　だってホントのことなんだから仕方ないでしょ」
悪気のなさそうな朔斗先輩を見ると、翼くんは「そういうとこだよ」と、呆れていた。
「いや、だって本当にふたりとも顔整ってるよね」
翼くんの言葉には耳も貸さず、わたしたちの顔をじろじろと見る朔斗先輩。
もう蘭はふいっと、あちらの方向を向いちゃったし、わたしはどう反応していいのか考えていると。

「ねぇ、だってそう思うでしょ。翼も」

　なんと！

　なにを聞いてくれてるんだ、朔斗先輩！

　これで「は？　どこが？」とか言われたら、ホントのことだけど……蘭は可愛いよ、当たり前じゃん、だけど悲しくなるじゃない！

　そうなったら、ショックだよ、恨(うら)むよ先輩。

「……まあ、おう」

「だよねー」

　わたしの顔を見つめて、にやけてる朔斗先輩は放っておいて。

　あの、翼くんが可愛いだと!?

　意外に、言ってくれるんだ……。

　嬉しくてじっと翼くんを見つめていると「見るな」だって。

　きゅん、と胸が高鳴る。

　耳、赤くなってるよ。

　照れてるんだ。

「ちょちょ、ふたりの世界に入り込まないでよ？」

　寂しいじゃない、と割って入ってくる朔斗先輩。

「わたしのことも忘れないでほしいね」

　そこに便乗して入ってくる蘭。

「どうせ、わたしたちのこと、見えてなかったんだろうけど」

　それを即座に見破る蘭はお見事！

　わたしの幼なじみ、伊達(だて)にしてないね！

「ま、とりあえず翼のことよろしくね」
　多分、朔斗先輩は翼くんが心配だったんだと思う。
　だから、わたしがどんな人なのか知りたかったんだろうな。
　だいぶ、印象変わったかも。
「朔斗さ、お前は俺の保護者じゃないだろ」
「えー？　だって、翼が気に入った女の子って初めてだから気になったんだもん」
　初めてって。
　相当の女嫌いだったんだね、翼くん。
　なのに、わたしなんかに心を開いてくれるって不思議な気持ちだけど、ありがたいな。
「任せてください！」
　突然、叫(さけ)んだわたしを見て驚いた顔の朔斗先輩。
　だけど、すぐ朗(ほが)らかに笑って「うん。翼が気に入った理由、わかったかもしれない」と呟いた。
「？」
　わたし、変なこと言ったかな？
「音ったら本当、鈍感なんだから」
　呆れたように嘆(なげ)く蘭。
　わたし、また失言(しつげん)しちゃった!?
「そこが、音羽のいいところなんだよ」
　翼くんの言葉に少し疑問が浮かぶ。
　……失言するところがわたしのいいところなの？
「ってことで、翼のことは任せたよ！　よろしく、音羽ちゃん」

　最初はただのチャラい人かと勘違いしていたけど。

　朔斗先輩は、翼くんのことが大好きなんだなぁって思うし。

　タラシだけど、友達思いで、心は温かいんだと確信する。

「はい!!」

　翼くんは「ほんと、なんなのこれ……」とかぶつぶつ言ってるけど。

　親友さんの承認も得たことだし！

　蘭にも打ち明けたことだし！

　この同居生活、半年間上手くいくといいな。

「あと、俺とも遊んでね。音羽ちゃんと蘭ちゃん」

　……最後にそんな言葉を残す朔斗先輩は、やっぱりタラシでした。

会長は、会長です。

「文化祭、ですか？」
　翼くんとの同居生活から早１週間。
　皆んなにもバレることなく、穏便（おんびん）に日々を過ごしていたある日のこと。
　わたしの、待ちに待った文化祭の時期がやってきたんです！
「そう。うちの高校は生徒会主催でやってるんだけど、音羽にもいろいろ意見をもらおうかと思って」
　家のソファに腰掛けながら、わたしの様子をうかがう翼くん。
　生徒会長って忙しいんだね。
　そんな中、翼くんが頼って？くれてるんだから、期待に応えたい！
「喜んで協力しますよー！」
　コクコクと首を縦に振ってそう宣言する。
「……音羽なら、そう言ってくれると思った」
　すぐ見破られちゃうわたしって、単純なのかな？
　まあ、そんなことは置いといて……。
「具体的に、なにをしたらいいですか？」
　まず、そこからだよね。
　趣旨（しゅし）を知らなければなにも出来ないもん。
「とりあえず、これを見てほしいんだけど」

　そう言って部屋に一旦戻った翼くん。

　……なにを持って来るんだろう？

　全く予想がつかず、悶々と考えていると。

「これなんだけど」

　戻ってきた翼くんの手の中には大量の紙！

「うわぁ、すごい量ですね」

　ドサッと机に置かれた紙たちを見て、唖然とする。

「これ、全校生徒の意見を募ったアンケート」

　音羽もやったでしょ、と問いかけられて思い出す。

　……つい、１ヶ月くらい前に書いた気がする！

　なんか見覚えあるもん！

「はい！　書いた気がします」

「うん。それで、生徒会で考えてたんだけど、最後のイベントだけがどうしても決まらなくてさ」

　え!?

「最後のイベントって……、あんな大事なイベントをわたしなんかが提案していいんですか!?」

　わたしたちの通う桜ヶ丘学園高等部の文化祭の大トリといったら、それはそれは盛大なことで有名なイベント！

　毎回、告白大会や生徒会渾身の劇だったりしてるんだけど。

　そんなイベントに関わるってなったら、しゃんとしないと。

「音羽なら斬新なアイデアを出してくれるかもって思ったんだけど……。どう？」

「ぜ、是非ともやらせてください！」

翼くんの言葉に瞬時に頷く。

幼なかったわたしは、この高等部の文化祭に惚れて小学部を受験したんだから！

こんなに嬉しいこと、ないよー！

「アンケート結果、見せてもらっていいですか？」

始めが肝心。

皆んながどう思ってるのか、知らないと。

「うん、全然」

すぐさま承諾してくれた翼くん。

まあ、そのために持ってきたんだろうけど。

早速、１枚１枚に目を通していく。

ん～と……。

やっぱり人気の告白大会に、劇が多いね。

でも、ありきたりじゃつまらない気がする。

「あ、これなんかどうですか？　全校生徒でダンス！」

一体感あっていいと思うよ、わたし。

「却下。皆んなで踊るって、結局なんなのかわかんないじゃん」

むー……。

結構厳しいね。

いつもの翼くんじゃない、学校のトップな感じが垣間見えてきたよ。

よりいいものを作るには、妥協してはダメってことだね。

「それなら、ミニプラネタリウムとかどうでしょうか!?」

誰の紙にも書いていない思いつきだけど。

今、これだ！ってビビビッてきたよ！

「体育館に全校生徒集めて、大画面のスクリーンを上に設置して星を散らすんです！」

費用は、学校側が出してくれるはず！

それほど大変でもないし、全校生徒が楽しめるからいいと思うんだけど……。

だが。

翼くんの返事がない！

これはまたもや失言しちゃったかも。

あまりにも酷(ひど)い意見で反応すら出来ないのかもしれない。

……うわぁ。

やっぱりわたしなんかじゃダメなんだ。

今更、後悔するんだけど。

「……それだ」

「え？」

いきなり立ち上がった翼くんを驚き見上げる。

「それがいい。音羽、ナイスアイデア！」

いつもクールな翼くんが、目を疑うほどキラキラしていて。

なんだ……。

よ、良かった。

超安心したよ！

「桜ヶ丘の体育館の天井はドーム型だから、それを利用して……」

ここからは、翼くんの出番だね。

もう、翼くんの頭の中では設計出来てるんだろうな。

「お役に立てて嬉しいです！」

満面の笑みでそう伝えると「俺の方こそ。音羽に相談して正解だった」と言ってくれた。

「生徒会のメンバーにも明日、伝えておく」

いそいそと書類になにかを書き始めた翼くんを見て、嬉しくも少し不安になる。

「生徒会の皆さんも、賛成してくれるでしょうか？」

翼くんはいいって言ってくれたけど、ほかの皆さんがどう言うか、わからないからね。

手放しに喜べないよ。

「大丈夫。俺が責任持って、提案してくるから」

こういうとき、翼くんはとっても頼りになる。

嘘はつかないし、真剣に思ってるんだってわかるからこそ、さすがと感心する。

「成功するといいですね！　文化祭」

「ああ、皆んなのいい思い出にしないといけないからな」

会長という肩書きがあるからこそ、どんな状況であろうとも重責を放り出すことは出来ない。

でも、そんな中でも嬉々として仕事に勤（いそ）しんでる翼くんを見ると、翼くんが会長になった理由がわかった気がした。

「でも、無理だけは禁物ですよ！」

当日に熱出たとか、洒落（しゃれ）にならないからね！

　そんな思いを込めて言うと。
「ん。ありがと」
　素直に感謝を述べてくれる翼くん。
「それじゃあ、わたしはお風呂入って来ます！」
　問題も解決したことだし。
　サッパリしたくなってきた！
「わかった」
　コクリと頷く翼くんを見届けて、部屋を出る。
　……と同時に、外からドガーン!!という音が聞こえてきた。
　そのあと、ザーッという雨の音も。
　か、雷!?
　嘘でしょ!?
　慌ててさっき出た部屋に逆戻りして、扉を開ける。
「……雷か。って、おい、音羽？　大丈夫か？」
　翼くんの姿を見つけて、安堵(あんど)したためか腰が砕けて立てなくなってしまう。
「わ、わたし、ホントに、雷ダメで……」
　昔から雷だけは苦手だった。
　いつも、パパたちのいない夜は怖くて震えていた。
　住み込みのメイドさんが少ないこともあって。
　でも、もう克服したって。
　もう大丈夫って思ってたのに。
　やっぱり、怖いよっ……！
「翼くん、どこにも、行かないでくださいね！」

そばに人がいないと、どうしても不安で。

わがまま言ってるって、自分でもわかってるけど。

「大丈夫だから。ここにいるから」

そんな言葉にとても安心する。

優しすぎるよ……、翼くん。

今まで、寂しかった。

雷が鳴る夜も広すぎる部屋にひとりで。

でも、パパたちやメイドさんに迷惑かけたくなくて。

今、翼くんがここにいてくれて良かった。

「音羽さ、人のこともっと頼っていいんだよ？」

未だ震えてるわたしに気を遣(つか)ってか、そう声をかけてくれる翼くん。

「で、でもそんなの迷惑じゃ……」

面倒かけちゃダメだから。

特にパパとママには。

今まで、愛情込めて育ててくれたからこそ、忙しいパパたちには甘えられない。

そう思ってやってきたし。

今更、人に頼るなんて、難しいよ……。

「それは、迷惑って誰かに言われたのか？」

翼くんの言葉にハッとする。

……そんなこと、誰も言ってない。

「でもっ！　口に出さないだけで、心の中ではそう思ってるのかもですよ？」

自分で言いながら納得する。

「……あのな、音羽。人間ってそんなに器用じゃないんだよ」
　だからこそ、否定されたときはびっくりした。
「え……」
「音羽のお父さんとお母さん、同居の件で家に来たときに言ってたんだ。……音羽は、本当は寂しがりやだから、雷が鳴った日や、なにか不安になることがあったら、そばにいてあげて、って」
　パパ、ママ……。
　わたしのこと、一緒にいる時間は短いけど、ちゃんとわかってくれてたんだ。
「だから、俺は音羽に無理しないでほしい。寂しいときは、寂しいって言ってほしい」
　……本当に。
　なんで会ったばかりの人間に、こんなに優しく出来るんだろう。
「め、迷惑じゃないんでしょうか……？」
　でも、人に甘えるって結構、勇気がいる。
　拒絶されたらどうしようって思いとどまっちゃうし。
「そんなこと、誰も思わないから」
　視線を合わせて、真摯に言ってくれる翼くんの存在が心強くて。
「ありがとうっ……、ございます！」
　こんなにわたしのことを考えてくれて。
　温かくて。
　ほんとにほんとにありがたい。

「……ん」

　わたしの目尻に浮かぶ涙を親指で拭(ぬぐ)いながら微笑む翼くん。

　その笑顔にさえときめいて。

　触れられるだけで熱くなって。

　これは、恋なんだと自覚する。

　好きだから、こんなに胸が締め付けられたり、高鳴ったりするんだ。

　この想いを伝えるつもりはないけど。

　だって、翼くんからしたら、わたしなんかに好かれても嬉しくないよね……。

　学校のカリスマ会長様と両想いになろうだなんて、そんな贅沢(ぜいたく)なこと思わないよ！

　ネガティヴに考えたくないけど、そういうもの。

　住んでいる世界が違うから。

「もう、ひとりで抱え込むなよ」

「はい！　翼くん、頼りになりますね！　ステキです」

　ニコニコの笑顔でそう言うと、翼くんは途端に頬が赤くなった。

「なにそれ。超可愛いんだけど」

「……へ？」

　いいい今、可愛いって言ったよね!?

　聞き間違いじゃないよね、今度は！

「今、可愛いって言いました？」

　思いきって聞いてみると。

翼くんは顔を隠して「言ってない」とひと言。
「嘘です！　ぜーったい、言いましたよ！」
この耳でしっかり聞いたもんね！
わたしの頭の中でまだ、リピート再生されてるもんね！
「……はぁ。こういうときだけ鋭いんだから」
いつもは鈍感のくせに、と続ける翼くんにニヤケが止まらない。
どうしよう。
嬉しすぎて、絶対今、気持ち悪い顔してるよ。
「なに。そんなに嬉しいわけ？」
照れがおさまったのか、そう尋ねてくる翼くん。
「えへへ。ベーつに？」
翼くんがはぐらかしたから、お返し。
わたしだって、言いたくないもんね！
「あ、そう。じゃあ、もう褒めてやんない」
「ええええ」
ひ、酷いよ。
なんか冷たくないですかい、翼くん。
でも、これは心を開いてくれてるってことだよね！
そんなことを考えているわたしはハッピーすぎて、少しばかりの嫌味では落ち込まないよ！
「なにニヤけてんの」
ちょっとばかし変なものを見る目で見られたような気がするけど、気にしない！
ゆるゆるのわたしを「……こういう所だよ」となんかぶ

つぶつ言ってるけど。

今のわたしには。

聞こえない、聞こえない！

「もう、風呂入ってこい」

なぜか疲れたように、わたしに促す翼くん。

そこでようやく思い出す。

……そうだ。

いきなりの雷のせいで、この部屋に戻って来てたんだった。

本来はもうお風呂、終わってるはずの時間じゃないの。

それなら退散しないとね。

「わかりました！　入って来ます！」

今日も、幸せな１日だったなー！

そうルンルンで部屋を出たわたしの後ろで「ほんと、調子狂うんだけど……」と、翼くんが頭を抱えていたなんて知る由(よし)もなかったんだ。

会長たちと、遊びます！

「……ってことで、遊びに行こうよ！」
休み時間。
誰にも見つからないように、いつもの屋上で蘭、翼くん、朔斗先輩と昼ご飯を食べていたら、朔斗先輩がそう提案して来た。
「行きます！　絶対！」
なんでも、今週の日曜日は翼くんと朔斗先輩は遊ぶ約束をしていたらしいんだけど。
朔斗先輩がどうせならと、わたしたちのことも誘ってくれたのだ。
「あはは。音羽ちゃんならそう言うと思ったよー」
爽（さわ）やかに笑いながらそう言う朔斗先輩。
「蘭ちゃんも、行くよね？　もち」
朔斗先輩がそう尋ねると、蘭は顔を赤くして「は、はい！」と答えた。
「……で、どこに行くんだ？」
首を傾げていると、翼くんがそう聞いてきた。
「音羽ちゃんたちが行きたい所、行こう。ほら、蘭ちゃんと話し合って決めてよ」
朔斗先輩がそう言ってくれた。
「どうする？　蘭」
こういうのは蘭に頼っちゃうのが、わたしの悪い癖（くせ）。

　わたしが、多分そう聞いてくるのをわかっていたであろう蘭は、急にいいことを思い出したように、明るい顔でこう応えた。
「水族館、なんてどうでしょうか？」
　水族館！
　蘭の言葉で思い出した。
「今度の土日、イルカのショーをやるんです！　わたし、行きたいと思ってて」
　蘭のこと誘おうと思ってたところだったよ。
　イルカ好きにはどうしても行きたいイベントだもん。
　室内だから雨が降っても問題ない。
　さすが、蘭！
「おー、いいね！　俺もイルカ好きだから行きたいな」
　朔斗先輩もその案を気に入った様子。
「いいと思う」
　素っ気ないけど、否定はしない翼くん。
　わたしももちろん賛成なわけで。
「それじゃあ、水族館に行きましょう！」

「うわぁ！　いっぱいお魚さんがいる～！」
　日曜日当日。
　約束通り、４人で水族館にやって来た。
「音羽ちゃん、水族館なんだから魚がいるのは当たり前じゃないか？」
　苦笑しながらそう言う朔斗先輩に、口を尖（とが）らせる。

「だって水族館に来たの、小学校以来なんですもん」
　久しぶりすぎて、なんかテンションが上がっちゃったの。
「え、そうなの？　俺なんか、つい１ヶ月くらい前に来たばっかだよ」
　……んん？
　水族館ってそんなに頻繁に来るような所かな？
　怪しくない？
　そしたら、案の定。
「どうせ、女と行ったんだろ」
　翼くんがそう言った。
　チャラいと思ってたけど、そこまでとは。
　チラッと蘭を見ると、少し悲しそうな顔をしていた。
「朔斗先輩！　遊びはダメですよ！」
　わたしなんかが言ったら、ただのお節介だけど。
　蘭を悲しませるのは、たとえ翼くんの親友でも許さないから。
　中途半端にしてほしくないよ。
「音羽ちゃんには参るなぁ。……わかったよ。考えとく」
　うんと言わないところが朔斗先輩らしい。
　嘘は、つかないから。
　そこは信頼してるよ。
「ま、とりあえずせっかく来たんだし、音。イルカのショー観たいんだろ？」
「あっ、はい!!　絶対観たいです！」
　わたし、イルカを観るために、今日来たと言っても過言ではないからね。

　めちゃくちゃ楽しみにしてたんだもん！

「ふふ。そしたらもう始まるから、行くよ」

　先陣（せんじん）切って進む蘭。

　いやぁ、頼もしいこと。

　蘭の隣に並ぶ朔斗先輩を見て、ほっこり気分になる。

　うまくいくといいなぁ、なんて。

　蘭の気持ちも聞いてないけれど。

　勝手に想像しちゃってるわたし。

　……でも、まあせっかく来たんだし。

　今日はいろんなこと忘れて楽しもう!!

「なにしてんの、音羽。置いてくよ」

　ひとり、心の中で意気込んでいるわたしに不思議そうに声をかける翼くん。

「えー！　置いてかないでください！」

　ひどいよ！

　めっちゃ楽しみにしてたのに、迷子とかになったらどうするの！

　そんなのやだよ！

「うん、それは嘘だけど。だって置いて行ったら、本当に迷子になりそうだし」

　そう言う翼くんに、ジトッと視線を送る。

「大丈夫ですよー。わたしだってもう高１なんですから」

　子供じゃないんだからね！

　そう思って言うけれど、説得力がないみたい。

「でもなんか心配だし」
　真面目な顔して、そう言う翼くん。
　……心配、かぁ。
　それは、妹感覚なのかな。
　女として見られてないのかな。
　そう思うと、大人っぽくなりたいってすごく痛感した。
「なんでいきなり元気なくしてんの」
　翼くんがわたしの顔を覗(のぞ)き込んでそう聞いてくるけど。
「なんでも、ないです」
　平静を装(よそお)って笑顔を作る。
　だって、翼くんと一緒にいるのに笑顔じゃないとか、あり得ないじゃない！
　翼くんにも楽しいって思ってもらいたいし。
　わたしの気持ちを押し付けたくないもん。
「……そっか」
　少し寂しそうな表情をしたように見えたけど。
　そこは、スルーしてもいいよね？
「……って、もう蘭たちがいなくなってる！」
　先に行っちゃったのかな？
　イルカショーのとこにいるのかな？
　翼くんとの会話で、気が回ってなかったよ。
「あ、別行動しようって朔斗からきてる」
　翼くんが、ポケットからスマホを取り出してそう知らせてくれた。
「別行動……」

わたしと翼くん、蘭と朔斗先輩っていう分かれ方だよね。
当たり前なんだけど。
え、翼くんとふたりで回れるの!?
よくよく考えたらそういうことだよね！
嬉しい！
……でも、蘭は大丈夫かな？
警戒心強いから不安になってないかな。
朔斗先輩は優しいから、なんとかなると信じよう。
「なに、俺とは嫌なの？」
嬉しさを心の中だけで留めていたら、翼くんにはこの嬉しさが伝わってなかったみたい。
わたし、意外とポーカーフェイスいけるかも？
なんてしょうもないことを考えながら「そんなことないです！　むしろ嬉しいです！」と答える。
ん？
ちょっと言いすぎたかな？
わたしの気持ち、バレてしまわないかな。
「だから、音羽ってなに考えてるかホントわかんない」
はあ、とため息をついてそう呟く翼くん。
ええ？
わたし、単純とか単細胞とかよく言われるのに。
「どゆことですか？」
そう尋ねるも、「いや、やっぱいい」とすり抜けられた気分。
……ま、いっか！

「まあ、それは置いといて。イルカショーに行きましょうよ！　始まっちゃいますよ！」
　すっかり忘れてたけど！
　わたしは絶対にイルカを観たいのだ！
「音羽ってマイペースすぎる」
　自覚なし！
「……ま、行くか」
　どこか諦（あきら）めたように聞こえるけど。
　気のせい、だよね！
「はい!!　イルカに会いたいです、早く！」
「そんな急がなくても、イルカは逃げないから」
　早歩きのわたしを、優しい微笑みで追いかけてくれる翼くん。
　本当、翼くんといると楽しすぎる！
　幸せを噛（か）みしめていると、翼くんは「音羽。ほら、着いたぞ」と促した。
「わぁ！　イルカが飛んでる！」
「小学生の感想みたい」
　わたしの第一声に文句をつけるなんて。
　もう、小学生じゃないから！
　ぷーっと頬を膨らませていると、「ごめんって」だって。
　でも、なんか笑ってるようにも見えるんですけど。
　絶対、わたしで楽しんでるよね！
　ひどくない!?
「そんな顔してたら、イルカが寄ってこないぞ」

はっ。

それはダメだよ！

なんかいいようにつられちゃったけど、イルカに免じて許してあげる！

「……やっぱ、単純かも」

「え？」

ボソッと呟かないで！

聞こえてます！

心にグサッと刺さってます！

「……にしても、イルカすげーな」

いや、さらっとスルーしちゃいます？

ツッコミどころ多すぎて、疲れた感じ。

「はい！　わたしもあんな風に自由に飛び回ってみたいです」

またなんか子供っぽいこと言っちゃったけど。

多分、翼くんには呆れられてるんだろうけど。

「音羽の発想って、ぶっ飛んでるわ」

苦笑しながらも、「慣れたけど」と言う翼くんにニヤけてしまう。

……もう、わたしのことわかってくれてるんだ！

嬉しいなぁ。

翼くんを見つめながらひとりでニヤニヤしていると。

「俺じゃなくて、イルカを見なよ」

と嫌な顔をされた。

仕方ないじゃない。

　翼くんがカッコいいんだもん！
　なんて思ってるわたしは結構重症かもしれない。
「もう、終わるじゃん」
「え!?　もう!?」
　なんと！
　翼くんに見惚れていて、イルカをしっかり見れなかったという事態！
　……しまった！
「そんなに残念そうな顔すんなよ。……また、一緒に来ればいいじゃん」
　わたしがショックのあまりフリーズしていると、翼くんがそう声をかけてきた。
　……またって。
　また一緒に来てくれるの？
　この同居生活が終わっても、こうして遊んだりしてくれるってこと？
　自意識過剰かな？
　でも、そうだとしたら。
　嬉しすぎるよ！
「えへへ。その言葉、忘れませんよー！」
　翼くんに駆け寄り、そう言う。
「いや、忘れていいから」
「なんでー！」
　忘れないよ！
　忘れないに決まってるじゃん！

　記憶力はいい方だからね！
「……はぁ、もう行くよ」
　なんか呆れられた？
　ため息をついて歩き出す翼くんに、ハテナを浮かべながら着いて行く。
「これからどうする？」
　尋ねてくる翼くんに、「お腹が空きました！」とアピールする。
　もう、12時だからね。
　お腹がペコペコだよ。
「俺も。……昼ごはん、なに食べたい？」
　こういうとき、いつもわたし優先で考えてくれる翼くん。
　今日こそは、翼くんの意見が聞きたいよ！
「いや、わたしじゃなくて、翼くんの食べたいものがあるところに行きましょう！」
　たまには、自分の行きたいところに行こうよ。
　そういう意味を込めて翼くんを見つめる。
　じっと見ていると、観念したのか「なら、egg houseに行こ」と呟いた。
「ほんとに翼くんはオムライスが好きですね〜」
　ここって確か、オムライスが有名なお店なんだよ。
　種類が豊富で、とても人気だったはず。
「音羽が聞いてきたんだろ」
　ちょっと拗(す)ねたように言う翼くん。
「ふふ。ごめんなさい。行きましょう！」

　軽やかにまたもや歩き出したわたしに、翼くんが「ほんと、マイペース過ぎだわ」と言った気がするけど。
　気にしない、気にしない！
「音羽は、ほんとにそこでいいわけ？」
　ほら、まったく。
　翼くんは、わたしに気を使いすぎなんだよ。
「全然いいですよー！　わたしだってオムライス大好きなんですから」
　言ってなかったけどね。
　わたしだって、オムライスへの愛はすごいんだからね！
　翼くんには負けるけど！
「……ふ、そっか」
　翼くんって、すこーし、小悪魔的な感じがする。
　微笑んだときの表情が、きゅんってなる。
　この笑顔に何人の女の子が落とされてきたのか……。
　お、恐ろしい……。
「でも、俺には勝てないだろ？」
「はい、翼くんには負けちゃいますね」
　自慢気に言う翼くん。
「よろしい」
　なにがよろしいのかわかんないけど。
　そんなことより着いたよ！
「うわ、混んでる」
　翼くんは、混雑しているのが嫌いなんだと思う。
　表情でわかる。

でも、そこまで混んでないよ？
「そうですか？　お昼時なんですから、こんなものですよ？」
「ええ。音羽は人混みいけんの？」
信じられないというほどにわたしを見つめる翼くんに。
「いやいや、そんなこと言わずに入りましょうよ！」
せっかくなんだから。
オムライス食べたいじゃない！
わたしの熱意に「……おう」と翼くんは渋々という風に頷いた。
カランカラン。
ドアを開けるとベルが鳴った。
店の中は、シャンデリアがつるされていて、とてもオシャレ。
クラシックな音楽まで流れていて、居心地も抜群。
すてきな店だ……。
しかもこっちを向いた店員さん、とても美人！
って……、ん？
「いらっしゃいませ〜……って、翼!?」
まさか、まさか。
「は？　梨紗（りさ）？」
その人が、会長の、元カノだなんて思いもしなかったんだ。

story2

翼くんの、元カノの登場です。

「久しぶりだね！　翼ったら、ほんとイケメンになっちゃって？」

　この状況。

　き、気まずい……。

「……ちょ、その腕離(うではな)せ」

「え〜、相変わらず冷たいなあ。いいじゃない」

　女嫌いの翼くんが、普通にこの人とは喋(しゃべ)っている。

　名前は、梨紗さんというらしいけど……。

　何者なんだろ……？

「……良くないから。ほんと離して」

　いかにも馴(な)れ馴れしい感じの梨紗さん。

　モヤモヤする……。

　翼くんに触りすぎだよっ……！

「ごめんごめん！　わかったから怒らないでよ？」

　わたしのことをチラチラと見てきたくせに。

「あら、あなたは誰かしら？」

　きょとんと首をかしげて尋ねてくる梨紗さん。

　う、胡散臭(うさんくさ)すぎるよ……！

「七瀬音羽、です」

　でも、一応名乗っておく。

　さすがに失礼にはなりたくないからね。

「へぇ、音羽ちゃんね。翼とはどういう関係なの？」

興味津々というように聞いてくる梨紗さん。
……どういう関係、か。
まさか、同居相手ですだなんて言えないしなあ。
「高校の後輩だから」
考えているわたしにフォローを入れてくれる翼くん。
……あ、そっか。
わたしたち、先輩後輩だったね。
同居生活の印象が強すぎて、すっかり忘れてた。
「そ、そうです。先輩、です」
梨紗さんと喋るのは緊張する。
ずっと見られてる気がして、ちょっと怖えてしまう。
「ふ〜ん。……にしても、仲良いように見えるけど？」
上目遣いで翼くんを見つめる梨紗さんに。
翼くんは「梨紗には関係ないだろ」と一喝した。
「ってか、なんでバイトなんかしてるわけ？」
翼くんがそう尋ねると。
「社会勉強的な？　パパが提案してきたのよ」
と梨紗さんは答えた。
「……仕事中なんだから早く戻れば」
異様に冷たい翼くんに少し戸惑っちゃう。
でも梨紗さんはそんなの気にせず、「ふふ、わかったわ〜」と翼くんから遠のいた。
「お邪魔したわね」
フラフラと手を振って、仕事に戻っていった梨紗さん。
この人……。

　わたしなんかよりマイペースじゃなかろうか。
　あ然としていると、翼くんが頭を垂らして謝ってきた。
「……ごめん。うるさかったよな」
　疲れた、とため息をつく翼くんに。
「いや、それは大丈夫ですけど……。あの、梨紗さんとは、一体どういった関係で……？」
　そう尋ねる。
　わたしが聞いていい質問かわからないけどさ。
　どうしても空気感が気になってしまう。
「あいつ、梨紗は、俺の元カノなんだ」
　え……。
　翼くんの、元カノさん!?
「そ、そうなんですか……」
　……って、翼くんって彼女いたんだ。
　そりゃ、そうだよね。
　カッコいいし、優しいし、ステキな人だもん、翼くんは。
　ちょっと、ほんのちょっと、ヤキモチを妬いてしまう。
　わたしの知らない翼くんを知っている、梨紗さん。
「……ああ。まさかここでバイトしてたとは……」
　頭を抱えて唸る翼くんに、
「お、オムライス食べましょ！　そのために来たんですから！」
　と、話を振る。
　梨紗さんのことじゃなくて、今、ここにいるわたしのことを考えてほしい……、だなんて、贅沢かな？

　そんな思いが伝わったのか、顔を上げて頷く翼くん。
「そう、だな」
　そう言うけれど、少し顔が青い翼くん。
　急に元気がなくなった翼くんが、心配になる。
「翼くん……？　大丈夫ですか？」
　梨紗さんの影響……？
　女嫌いなのと、関係があるのかな……。
　いろいろと考えてしまう。
「うん。ごめん、大丈夫だから」
　ひと呼吸して、心を落ち着かせる翼くんに不信感が募る。
　でも。
　話したいときに話してくれなきゃ嫌だもんね。
　とりあえずは、オムライスを食べてからまた考えよう。
「わたしはミートオムライスが食べたいです！」
　雰囲気を変えるようにそう言う。
　それにつられるように「……それじゃあ、俺はふわとろオムライスにする」と呟く翼くん。
「店員さん、呼ばなきゃ……」
　なにも考えずに「すみませーん」と手を挙げてから、しまった、と手を引っ込める。
　そしたら、案の定……。
「はーい！　また、来ちゃった～」
　ふふ、と妖（あや）しい笑みを浮かべる梨紗さんのご登場。
　わたしが考えて行動しないからだ。
「ミートと、ふわとろで」

全く反応せず、メニューを読む翼くん。

それに合わせて「はーい。メニューおさげしますね～」と、店員の顔になる梨紗さん。

やっぱり、このふたりが付き合ってたって考えると。

わたしと、梨紗さんのタイプが違うのが悲しくなる。

美人で、スタイル抜群で、色っぽい梨紗さんと違って。

わたしは、子供っぽくて、背だって低くて、可愛くもないから。

わたしなんかが翼くんの彼女になりたいなんて、無理なのかな、やっぱり。

ああ、ネガティブに考えるとか、わたしらしくないのに。

胸が痛くなる。

「音羽？　なに、なんかあった？」

いきなり黙ったわたしに声をかけてくれる翼くん。

ただの面倒くさい嫉妬だから。

こんなの言ったら、嫌われちゃうよ……。

彼女でもないくせに、元カノさんと張り合おうだなんて身のほど知らずだよね。

「いえ、お腹が空いただけですよ！」

ニッと口角をあげるわたしに「どんだけだよ」と苦笑する翼くん。

えへへ。

やっぱり、翼くんは笑った顔が一番だよ。

そんなことを思いながら、翼くんを見つめる。

すると、翼くんが意を決したように口を開いた。

「あのさ……。梨紗は、俺の女嫌いの原因になった女なんだ」
いきなりの告白に心臓が震える。
梨紗さんが、翼くんの、女嫌いの原因……。
「ど、どういうことですか？」
せっかくわたしに、なにかを語ろうとしてくれている翼くんに。
聞いていますよ、と質問をする。
「話すと、長くなるんだけど」
翼くんがそう言った瞬間に、「お待たせしました～」と、梨紗さんがオムライスを運んできた。
聞いていたかのようなタイミングに、ドキッとする。
「……うわぁ、美味しそう！」
でも、オムライスには超感心。
自分では絶対に作れないであろう、綺麗でとても美味しそうなオムライスに感激する。
チラッと翼くんを見ると、同じく目を輝かせていた。
「翼は、オムライスが昔っから好きだったもんね」
優しい瞳で、翼くんを見つめる梨紗さん。
「もう、用がないなら戻って」
目も合わせることなく言い放つ翼くんに「……ねえ」と梨紗さんは問いかけた。
「翼……、わたしとより戻さない？」
「……は？」
突然の言葉に、信じられないという風に梨紗さんを凝視（ぎょうし）する翼くん。

「だって翼、今彼女いないんでしょ？　音羽ちゃん……だっけ？　この子と遊ぶんだったら、わたしとまた付き合おうよ」

何事もなかったようにそう言う梨紗さん。

この人は……。

なにを、言ってるんだろう。

自分の言ったこと、わかってるのかな……？

「なに言ってんだよ。無理だから」

明らかに焦（あせ）り始める翼くんを一瞥（いちべつ）して、梨紗さんは「へぇ、そんなこと言っていいの……？」と目を光らせた。

「っ……」

どういうこと？

翼くんのことを脅（おど）してるの？

なんで。

翼くんはこんなに苦しそうな顔をしているの……？

「……や、やめてください！」

気がついたら叫んでいた。

「翼くんを、試すようなことをするのはやめてください……！」

ふたりになにがあったのか、わたしは知らないけど。

困っているのかもしれない翼くんを、助けたい！

お節介かもだけど。

「あら、音羽ちゃんになにがわかるの？　……わたしの方が、翼のことわかってるし、あなたになにか言われる筋合（すじあ）いはないわよ？」

この人が。

翼くんの元カノだなんて、信じられないよ……。

「でもっ！　今の翼くんのことなら、わたしの方が知っています！」

今、隣にいるのはわたしだもん！

昔なんて、関係ないよ！

「……ふーん。それがどうしたの？」

なっ！

この人、手ごわすぎる！

なに言っても聞いてくれない気がする……。

困った……と黙っていると、梨紗さんは翼くんに近づいて。

「こんなお子様より、わたしの方が翼の隣には似合ってると思うよ～？」

と、囁(ささや)いた。

お子様……。

なにも、言い返せないよ。

わたしなんかより、梨紗さんのような大人っぽい人が翼くんにはお似合いなのはわかってるだけに。

「……は？　誰が梨紗とお似合いだって？」

と、思った瞬間、翼くんがそう問いかけた。

「えー？　翼に決まってるじゃない！」

なに言ってるの？と、不思議そうな表情をする梨紗さんに翼くんは冷たい視線を送る。

「俺は……、梨紗とはもう付き合わない」

「なに言って！　あの時のこと忘れちゃったの？」
　本当に悲しそうに、でもどこか圧のある言葉を投げかける梨紗さん。
　すると、翼くんはくちびるを噛んで俯いてしまった。
　あの時、なんて。
　わたしの知らない過去……。
「……梨紗」
　心のどこか奥底で、翼くんはなにかを我慢(がまん)しているように見えた。
「なんで……？　なんで……」
　取り乱し始めた梨紗さんを見て。
　翼くんは席を立った。
「……ごめん、音羽。ここじゃ目立つから、外でちょっと話してくる」
　心からすまなさそうにそう言う翼くんに、わがままなんて言えるはずないから。
「……はい！　わたしは全然大丈夫ですので、ゆっくり話して来てください」
　このオムライスをふたりで食べられないのは、正直悲しいけど。
　翼くんには、後悔してほしくないから。
「ありがとう、音羽」
　まさか、よりを戻したりしないよね……？
　翼くんが梨紗さんを引き連れて出ていったあと、ひとりで考える。

でも……。

わたしは、翼くんの彼女でもないから。

なにかを言える権利なんかないよ……。

自分の中で矛盾(むじゅん)がいっぱい生まれる。

どうしたら、いいんだろ……。

もう、翼くんがわたしとはこうして遊んだりしてくれなくなったらどうしよう。

そんなの、絶対嫌だよ！

う～っと、泣きそうになっていると。

「ちょっ！　ど、どうしたの？」

横から声がした。

「え、……？」

……誰!?

サッと横を見ると、そこにはパーマのかかった黒髪で背の高いイケメンさんがいた。

わたしを見て、あたふたと戸惑っている。

「な、泣きそうになってるから心配になっちゃって……」

この人……、どこかで見たことある気がする。

だけど、思い出せない。

なんにしろ、わたしのことを心配してくれてたんだよね？

全く関係のないわたしを気にかけてくれるなんて、なんていい人なんだ！

音羽、感心です！

そんなことを考えていたら、いつの間にか泣きそうになってた気持ちがどこかへ行ってしまっていた。
「あ、心配かけてごめんなさい！」
　とりあえず、感謝しながらも謝罪する。
　頭を下げると、男の人は手をぶんぶんと振って「そんなそんな。俺が勝手に首突っ込んだだけだから」と眉を下げた。
「いえっ！　わたしなんかに気を使っていただいてむしろありがとうございます！」
「いやいや、俺の方こそナンパみたいなことしちゃってごめん」
　先ほどの雰囲気と違っておどけた風に言う男の人。
　それだけで、心がなんだか温かくなった。
「ナンパだなんて……。心配してくれたんですよね？　そんな……」
　そんなチャラい人じゃないって一瞬でわかるよ。
「……あはは。ほんとに七瀬さんはいい子だねえ」
　クシャッと微笑む男の人にわたしも笑みがこぼれる……と、思いきや！
　ち、ちょっと待って。
　今、七瀬って聞こえたんだけど、わたしの幻聴かな？
　ついには幻まで聞こえるようになってしまったのか、わたしの耳！
「あの、さっき『七瀬』って聞こえたんですけど、そんなこと……言ってないですよね！　すみません！」
　やっぱり勘違いだよね！

会ったばかりのこの人がわたしの名前を知ってるはずないんだし！
「言ったよ。勘違いじゃないよ？」
はて。
わたしの耳は正常だったみたいです。
け、れ、ど!!
「なんでわたしの名字知ってるんですか？」
一気に目の前の方が怖くなってきたよ。
なに!?
ストーカー!?
「あはは！　ストーカーじゃないよ～。俺は、須藤璃玖。七瀬さんの通う桜ヶ丘学園高等部の生徒会副会長だよ？」
ふ、副会長…。
どおりで見たことあるような気がしたよ。
「……それで、須藤先輩がなぜここに？」
一旦、心を落ち着かせたわたし。
副会長がなぜこんな所にいるのか、まず聞き出すまでの冷静さをやっと取り戻せたよ。
「いやはや、なぜって、あの翼が女の子連れてるのを見つけちゃったものでさ。……気になって、あとつけちゃった！」
てへっと、おちゃめに舌を出す須藤先輩。
でもさ！
そんなことして似合うってすごいなぁ、なんて感心してる場合じゃないの！

「……そう、ですか」
　なんか、なに言えばいいのかわからなくなってきたよ。
　悪びれもせず言う須藤先輩が謎につつまれている。
「……にしても、七瀬ちゃん、ちょー可愛いね」
　ずいっと、顔を近づけてくる須藤先輩。
　か、可愛いだなんて！
「お世辞がお上手で……」
　見た目は黒髪だし、チャラくなさそうだけど。
　中身だと、朔人先輩よりもチャラいかも……。
「お世辞って。俺、お世辞なんか言わないタチだから。天然姫は、これだから困るねぇ」
　ほほーっと、唸(うな)ってる須藤先輩に「て、天然姫……？」と尋ねる。
　なんだ、そのあだ名は……？
　あ、でも朔斗先輩も、この前言ってたような……。
「んー？　七瀬ちゃんの高校での通称だよ？　本人は知らないのかぁ」
　いや、知ってるもなにも、呼ばれたことないですもん！
　しかも、いつの間にか、ちゃん呼びになってるし……。
「いやぁ、なにしても天使に見えるとか、七瀬ちゃんはすごいね」
　この人は、なにをおっしゃっているのか……？
「っていうか、翼に泣かされてた理由は？」
　いきなり話飛ぶし。
　会話が尽(つ)きない人だなぁ。

「泣かされてないです」
　勝手に泣きそうになってたのは、わたしだし。
　それで翼くんが悪者になったら、絶対おかしいもん。
「じゃあ、なんで？」
　どうしても理由が聞きたいみたいだけど。
　なんで、そんなに聞きたがるんだろう……？
「……彼女でもないのに、一喜一憂しているわたしが情けなくて……」
　それでも、一応は答える。
　口に出すことで、気持ちの整理がつくしね。
「ふーん。俺だったら、泣かせないよ？」
　イタズラっぽくそう見つめてくる須藤先輩。
　『俺だったら』だなんて。
　翼くんと比較しているみたい。
「ど、どういうことですか？」
　この人は、突拍子もないことを平気で言う。
　調子がなんだか狂うなあ。
　なーんて思ってたら須藤先輩は衝撃発言をした。
「俺、七瀬ちゃんに一目惚れしちゃったみたい」
「……えええ!?」

翼くんの、ヤキモチ。～side翼～

「……梨紗」
　俺——天野翼は、目の前にいる、元カノの梨紗をじっと見つめていた。
「どうしてよ！　どうして、わたしじゃなくてあの子なの!?」
　……全部、俺が悪いんだ。
　梨紗にヒステリーを起こさせてしまったのも、音羽を悲しませてしまったのも。
「……ごめん、梨紗。梨紗には、俺なんかよりもいいやつがいるはずだから」
　こんな言葉しか掛けてあげられない俺は、なんて無力なんだろう。
　……あのときから、後悔ばかりしている気がする。
「なにそれ!?　わたしには、翼しかいないの！」
　梨紗と、俺がうまくいかなかったのは。
　梨紗が、俺に依存しすぎたから。
「……ごめん」
　謝ることしか出来ない。
「……ふーん。もう、わかったわ」
　俯いていると、梨紗は不敵（ふてき）な笑みを浮かべながらそう言った。
「梨紗……？」

なにか、嫌な予感がする。

そしたら、予感は当たるもので。

「翼がこんなにも変わっちゃったのは、ぜーんぶあの子のせいよね！　翼はなにも、悪くないんだから～」

表情は微笑んでいるけれど、考えていることは相当やばいことだなんて、すぐにわかる。

「梨紗……。音羽に、なにする気だ……」

音羽は、俺にとってすごく大切な人で、守るべき人だから。

俺のせいで、音羽になんかあったら……。

音羽の親御(おやご)さんにも合わせる顔がない。

音羽の笑顔が俺のせいで消えることがあってはいけない。

「……必死になっちゃって。わたしのときは、そんなになってくれたこと、一度もなかったのにね？」

そう悲しそうに呟く梨紗。

だから、梨紗にはもう会いたくなかったんだ。

もう、傷つけたくなかった。

梨紗には、俺のことなんか忘れて、幸せになってほしかったから。

そんな俺を見て、梨紗はあの頃のような優しい笑みを浮かべて、こう言った。

「……ごめんね、翼。音羽ちゃんには、なにもしないわよ」

……え。

嘘、だったのか。

驚いたけれど、よく考えればわかったことだ。
……梨紗は、人に危害を加えるような人じゃないから。
最初から、なにもする気はなかったらしい梨紗に、
「梨紗は、なにも、悪くないから」
全部全部、俺が悪い。
その気持ちを込める。
あのときの梨紗に、寄り添ってあげられなかった俺が……。
「翼。わたしは、もう、翼には会わない」
あの頃の梨紗はどこかに行ったかのように思えた。
依存していた頃の、梨紗はもういない。
「梨紗……。俺が、無力で支えてあげられなくて、本当にごめん」
謝ることしか出来ないのに。
「謝らないでよ～！　もう、わたしたちの関係はこれで終わり。これからは別々の道で、ずっと応援してるからね」
梨紗は、俺のことなんか恨んでいてもおかしくないのに。
優しく微笑む梨紗には、感謝してもしきれない。
「あと、わたしのせいで女嫌いになったんだって？　そんなの、早く治しなさいよ！」
これで仲直りだからね！　と、言う梨紗。
……なんだけど。
なんでそのことを梨紗が知っているんだろうか。
首を傾(かし)げている俺を見て、梨紗は「璃玖に聞いたのよ」と、教えてくれた。

……あいつ、余計なこと言いやがって。

璃玖は、俺と梨紗の関係も知っている、俺と犬猿の仲の生徒会のメンバーなんだけれど。

梨紗にいらない情報を与えたことを、少しだけ恨む。

でも。

「……おう」

心の中で梨紗に、ありがとう、と呟いて頷く。

「うふふ。過去のことは、気にしないでよ」

梨紗が“過去”と吹っ切れるようになったのは、おそらく新しい恋人が出来たんだと思う。

それでも、俺に「よりを戻そう」と言ってきたのは、いつまでも過去を振り返っている俺の背中を押すため。

「……ほんと、梨紗は演技派だな」

苦笑してそう言うと、「え〜？」とはぐらかす梨紗。

梨紗は昔から、まわりに気を遣いすぎなんだよ。

そこが、梨紗のすごくいいところだけど。

「翼は、音羽ちゃんを泣かすんじゃないわよ〜？　あんな可愛い子を泣かしたらただじゃおかないからね！」

なぜか母親のような口調になる梨紗に、「梨紗だって、強くなれよ」と言葉を投げかける。

「当たり前よ。翼には何度となく泣かされたから、メンタルだけは強くなったわよ？」

……それは、否(いな)めない。

でもこうやって、笑い合えるようになったのは、音羽のおかげかもしれない、と、ふと思った。

音羽がいるだけで、空気が澄んだような気がして、音羽がいないと、心が落ち着かない。

今、こうしてる間も、ナンパとかされてないか心配でしょうがない。

この気持ちは、恋だって自覚しているけれど。

梨紗は、一発で見破ったのには感心しかない。

「あ〜あ。翼とも、これでお別れか〜！　なんか、寂しいね」

なにも、会わないという選択肢を選ばなくてもいい、と思う人もいるかもしれないけれど。

それでは、俺たちは前を向けない。

「……ああ。梨紗、今まで本当にごめん。あと、ありがとう」

最後になるであろう言葉を交わす。

「わたしこそ、今まで翼を苦しめててごめんなさい。でも、翼と過ごした日々はとても楽しかったよ！」

にっ、と子供みたいに無邪気に笑う梨紗は。

あの頃、俺が本気で愛していた人だった。

「俺もだ。……それじゃあ、恋人と仲良く」

最後にそう言うと、「気づかれてたか〜」とニヤける梨紗。

「翼こそ、音羽ちゃんと仲良くね」

俺たちは、もう、前を向こう。

翼くんの、決心。

「おい、なんでお前がここにいるんだよ」

　し、修羅場!?

　なぜか翼くんが怒っているみたいだ。

　わたしの目の前で先ほど戻ってきた翼くんと、須藤先輩が見つめ合ってるんだけど。

　なんか、空気がピリピリしてるような気が……。

「なんでって、音羽ちゃん放って梨紗さんのところ行ったやつに言われたくないなぁ」

　わざと翼くんを怒らせるようなことを言う須藤先輩に、疑問を抱く。

　……須藤先輩は、梨紗さんのこと知ってるんだ……？

　でも、まあ知ってるかぁ。

　だって翼くんのお友達なんだったら有り得るよね。

　勝手に自己完結しているわたしには目もくれず、おふたりさんは、まだバチバチしているようで。

「梨紗とは、もう話し合った」

「へえ、それで？　よりを戻すのか？」

　挑発ぎみにニヤッとする須藤先輩に、眉間にシワが寄る翼くん。

「……お前に関係ないだろ。それより、なんで璃玖がここにいるんだ」

　……あ、はぐらかした。

より戻したのかな。

梨紗さんのこと好きなのかな。

なんではっきり言わないの？

モヤモヤする……。

「俺は、翼が女の子連れてるから気になって、あとつけてたら、翼は梨紗さんのところ行くし、七瀬ちゃんはそれ見て泣きそうになってたからね」

あっ！

泣きそうになってたこと、翼くんに言っちゃった……。

それは、内緒にしてほしかったな。

「そしたらさぁ、あまりにも七瀬ちゃんが可愛いもんで、好きになっちゃった！」

それも言っちゃうの!?

シークレットでいこうよ！

全部、翼くんに言わなくてもいいじゃん！

「……は？」

須藤先輩の言葉に怪訝（けげん）そうな顔をして、口をぽかんと開けてる翼くん。

「だーかーらー、一目惚れしちゃったの！　七瀬ちゃんに」

「お前……、遊佐（ゆさ）はどうしたんだよ」

遊佐……って、生徒会のメンバーさんだよね。

確か、書記だったと思う。

一度、見たことあるんだけど、とてつもなく美人の女の人だったんだ。

「えー？　凛（りん）は、ここに関係なくない？」

「璃玖……。お前、それ本気で言ってんのか？」
「当たり前じゃん」
スっとおちゃらけ感を引っ込めた須藤先輩に、呆れた様子の翼くん。
「おい、音羽。……ここ出るぞ」
展開が早すぎて追いつけないけど、翼くんに置いてかれるのは嫌だから。
「は、はい！」
急いで支度をする。
「翼のくせに、逃げるの？」
「……は？」
ただでさえ機嫌が悪かったのに、それを煽(あお)るかのように言う須藤先輩。
……この人、相当な強者(つわもの)だなぁ。
ほらほら。
翼くん、めっちゃ眉間にシワ寄せてるよ。
「逃げるとかそういう問題じゃないだろ」
ボーッと見るしかないけどさ。
平和にいこうよ、ね？
「まあ、俺的には翼じゃなくて音羽ちゃんと喋りたいだけなんだけどね」
……それは、地雷だよぉ。
「……ふざけんなよ。音羽だけは渡さねぇから」
……いやいや。
こんなこと思ってる場合じゃないんだろうけどね。

めっちゃ男らしい！

なにそれ！　好きって言ってるよね!?

いや、言ってないけど！　自意識過剰ですけど！

ひとりで心の中は暴（あば）れまくってますよ。

その言葉、意味深すぎだよ！

「へぇ。そんなこと言われたら、もっと奪（うば）いたくなっちゃう」

不穏なオーラを放つ翼くんに対して、いつまでも冷静な須藤先輩。

このふたり、仲悪いの!?

今更だけど……。

「音羽は物じゃないから」

ここにきて当たり前のことを言い放つ翼くん。

「そんな、物だなんて思ってないよ〜？　ちょっと深読みしすぎじゃない？」

もう、この辺にしとかないかな？

ピリピリしすぎて、わたし肩身がせまいよ。

「もう、いいだろ。とりあえず音羽、もう出るぞ」

「ぎ、ぎょーい」

いつもだったらドラマの見すぎ、って怒られるところなのに。

翼くんがつっ込んでくれないことに、寂しさを感じてしまう。

翼くんは大好きなオムライスも食べないでお店を出てしまうほど、怒っちゃったのかな……。

「あーあ。もう行っちゃうの？　ばいばい、音羽ちゃん！

また、会いに行くね！」
「来なくていいです」
　おっと。
　思わず即答してしまったよ。
　心の底から思ったことで。
「え〜、音羽ちゃん冷たーい」
　こんなときでもニコニコしている須藤先輩、さすがです……。
　そんな先輩を置いて、翼くんに連れて行かれるままに、店を出る。
「……はぁ」
　出た瞬間、ため息をつく翼くん。
　わ、わたしはどうすればいいのかな？
「あの……、とりあえずゆっくり話せる場所に行きませんか？」
　思ったことをとにかく伝えてみる。
　だってさ、まだなにも聞いてないんだもん。
　梨紗さんのことも、女嫌いになったことも。
　翼くんの様子がなんだかおかしいし、まずは落ち着けるところに行く方が最優先だもんね！
「……そうだな。ごめんな、音羽に気を遣わせて」
　な、なにを言うんだ、翼くん!!
「そんなの、みずくさいですよ！　気にしないでください！」
　そして、落ち着ける場所……近くに公園があったから、ベンチに座る。

座ったあとも、なかなか翼くんの口が開かなかったけれど、急かさずに黙って待つことにした。

なにか大事な話があるときって、そんなにサラっと言えることじゃないだろうし。

そこら辺は、わかってるつもりだから。

「……梨紗が、女嫌いになった原因ってことまでは言ったよな？」

じっと待つこと３分ほど。

ようやく重たかった翼くんの口から言葉が発せられた。

「はい……、聞きました」

このあと、なにを言われるのか想像がつかなくて。

怖い、と直感的に思ってしまう。

「これから話す話は、音羽にとっていい話じゃない。それでも、聞くか……？」

翼くんはきっとわたしに、というか誰かに聞いてほしいんだと思う。

心のどこかで訴(うった)えるものがある気がする。

そのことを聞くのには勇気がいる。

聞いたあと、後悔するかもしれない。

それでも……。

翼くんのことが好きだから。

翼くんになにがあったのか知りたいし、興味本位(ほんい)じゃなく、支えてあげたい。

わたしのことをすぐに理解してくれた翼くんへの恩返し

としても。

　しんみりした空気なんか、わたしの性(しょう)に合わない。

　だから。

　翼くんの瞳をじっと見つめて。

　信じて、というビームを送る。

「はい！　どーんと来いです！」

　翼くんの過去がどんなものでも、受け入れる自信があるから。

翼くんの、過去。～side翼～

それは、俺と梨紗が中２のときのことだった。
「つーばーさ！　遅いよ？　もう、また寝坊したのー？」
朝。
家が隣同士で昔から幼なじみという関係で、もともと仲がよかった俺たち。
だから、登下校は自然と一緒にいるようになった。
「……いつも来るの早いんだよ。梨紗と違って、俺は朝に弱いんだからさぁ」
他愛もない会話から始まって。
「えー？　そんなこと言ってたら、明日から迎えに来てあげないよ？」
屈託（くったく）ない笑顔を見せる梨紗のことが、いつの間にか好きになってたんだろう。
俺たちが付き合うのにそう時間はかからず。
「翼と梨紗って、まじでお似合い」
そう言われることも多々あった。
「今日、一緒に帰れるの？」
梨紗は、ほんとに優しくて、思いやりがあって、自慢の彼女だった。
……なのに。
「あ、ごめん。今日は、璃玖たちと寄り道したいから」
なぜか、歯車が、噛（か）み合わなくなっていた。

「そこに女の子はひとりもいない？　わたしのことを一番に想ってくれてるよね……？」
　いつしか、不安を口にするようになり。
「いないって。大丈夫だから。梨紗のこと、好きに決まってる」
　感情を込められなくなっていった。
「明日は、絶対に一緒に帰ろうね！」
　それでも、梨紗のことを好きなのには変わりがなかったし、手放したくなかった。
「……わかった」
　でも、どんどん俺に依存していく梨紗から、遠ざかるようになっていた。

　しかし、ある日。
　事態は急変した。
　その日も、俺はたまたま友達と出かけていて。
　夜間近くに家に着いた途端（とたん）に電話が鳴ったんだ。
　相手は、梨紗のお母さんで。
　そんなことめったにないもので、胸がざわめくことは否めなかった。
「……翼くん。落ち着いて聞いてね」
　梨紗の母親の口調は、抑（おさ）え気味で。
　なにかあったことは予想がついた。
「──梨紗が、事故にあったの」
「……は？」

ジコニアッタ、じこにあった、梨紗が……事故にあったって……？

それは……。

俺が、一緒に帰らなかったからか？

今日に限って、そんなことが起きるのか……？

「あ、でも命に別状はなかったのよ。2ヶ月ほど入院は必要みたいなのだけれど」

「……そう、ですか」

電話を切ったあとも、戸惑いが隠せなくて。

あまりに蒼白い顔をしている俺に、父親が「翼？　大丈夫か？」と声をかけるほど。

愛する人が事故にあったショックより。

梨紗に会うことの怖さの方が勝っていた。

それでも、それでもやっぱり梨紗に会いたくて。

「あ、翼……」

入院先の病院まで足を運んだ。

「梨紗……。ごめん、俺がついてなかったから」

違う。

そんなことが言いたいんじゃない。

「よかった、無事で」という一言を言わなきゃいけないのに。

俺は、なにに謝ってるんだろうか……？

「なに言ってんの！　翼のせいじゃないじゃん。でも、罪悪感を感じてるんだったら、これから毎日、お見舞いに来てよ！」

　そうだ、というふうに手をつく梨紗。
　ニコニコと笑みを浮かべる彼女に「うん」と答えるしかなかった。
　それから毎日、見舞いに行った。
　梨紗との日常が戻ってくるのなら、なんてことなかった。
「そういえばさー。わたしね、もう一生バスケ出来ないんだって」
　だから、梨紗からこの言葉を聞いたとき、心臓が止まるほどのショックを受けた。
　梨紗は、小さい頃からバスケばっかりしていて。
　梨紗にとって生き甲斐でもあったであろうバスケを、俺が、奪ってしまったんだ。
　俺は……。
　梨紗から、もう離れることはない。
　離れたらなんてことを考える自分がおかしいんだ。
「……嘘、だろ？」
　それでも、信じ難くて。
「ほんとだよー？　靭帯(じんたい)切っちゃってさ」
　ヘラヘラしてるけど絶対、心の中では泣いている梨紗に、申し訳なくて。
　でも、謝るなんて上っつらだけのことをしたくなくて。
「俺が、毎日ここに来るから」
　約束を取り付けることくらいしか出来なかった。
「やった～！　そうやって翼から言ってくれたの初めてじゃない？」

　そのときは、わかっていなかったんだ。
　梨紗の、本当の気持ちが……。
　梨紗が、笑顔の裏でなにを思っていたのかを……。
「あ……。翼くん。ちょっといいかしら？」
　いつものように病院に来て梨紗と喋ったあと、帰ろうと病室を出ると。
　深刻な表情をした梨紗の母親、紗羅さんが声を掛けてきた。
「あ、はい」
　嫌な予感はするけれど、断るわけにもいかない。
　そう思って、頷いて紗羅さんの後ろを着いて行く。
　連れていかれたのは、談話室。
　誰もいないためか、どんよりした空気を感じてしまう。
「そこに座ってね」
　紗羅さんの表情は未だ晴れず。
「……失礼します」
　不安が募る。
「……あのね。翼くんは察しがいいから勘づいてるかもだけど、梨紗のことなんだけれど」
　そこまで言って紗羅さんは息を大きく吸った。
「梨紗ね……。実は、靭帯なんか切ってないのよ」
「はっ……？」
　紗羅さんの言葉が信じられなくて。
　心にヒュっと風が通ったような感覚がした。
「ごめんなさいね、翼くん……。わたしも嘘をついてしまう形になってしまって。でもね、梨紗は翼くんがいないとダメだから……」

紗羅さんが言おうとしていることは、なんとなくだけどわかる。

結局は……、梨紗の嘘を知っても一緒にいてほしいってことだ。

紗羅さんにとって、梨紗は大事なひとり娘で、大切に育ててきたはずだから。

梨紗をかばう気持ちも、俺にすがる気持ちも、ちゃんとわかってる。

俺なりにわかってるつもりだけどっ……。

「……すみません。ちょっと……、ひとりにしてください」

頭が追いつかなくて。

直ぐに紗羅さんに応えることが出来なかった。

紗羅さんは、少し悲しそうな表情をしたけれど、「わかったわ。無理言ってごめんなさいね」と言って帰って行った。

ひとりになった今。

考えることは全部、堂々巡り(どうどうめぐ)りで。

「梨紗……。なんでそんな嘘を……」

そう呟いても、ほしい答えは帰ってこない。

本当は嬉しいことのはずなのに。

……だって、梨紗はバスケが出来なくなったわけじゃなかったから。

でも……。

梨紗が、俺の同情を買ってまで、こんなことする意図がわからなかった。

　俺は……、どうすればいいんだ？

　これを知ったからって、知らなかったフリして笑顔の梨紗と今までと同じように話せるのか……？

　どこで、俺たちは間違ってしまったんだろうか。

　考えれば考えるほど、なんだか涙が出てきそうで。

　梨紗とどう接すればいいのかわからなくて。

　頭を抱えていたら。

「……翼？」

　梨紗の声がした。

「り、さ……」

　驚いた顔で見つめる梨紗は。

　俺の掠（かす）れた声が聞こえたかどうか。

「翼？　どうしたの？　なんでこんな所にひとりで。顔色よくないよ……？」

　慌てて俺に近寄ってくる梨紗に。

「梨紗……、靭帯なんか切ってないよな……？」

　直球で尋ねた。

　すると、梨紗はビクッと肩を揺らして「……お母さんから聞いたの？」と、質問で返してきた。

「ああ。なんで、嘘なんかついたんだ……？」

　こうなれば、全部聞いてしまうほかない。

　そう思うようになった。

「そんなの……。翼と、どうしても一緒にいたくて。病院なんかいたら、また翼との距離が遠くなるし、その間にほかの女の子といい感じになってたら嫌だし。翼には悪いけど、こうでもしなきゃわたしを構(かま)ってくれないでしょ？」

言い出したら止まらないし。

開き直って、悪びれずに言う梨紗に、俺はむしろ爽快な気分になっていた。

今、ここで俺たちは話し合わないと。

もう、戻れないような気がした。

「……翼。わかってる？　わたしのお父さんがなんの職業か」

なのに。

梨紗は、虚(うつ)ろな目をしていて。

そんなことを言い出した。

「……知らない。そんなこと、どうでもいい」

全く関係ない話だ。

なんでそんな話を持ち出してきたのかは謎だけれど。

そしたら、梨紗は不敵な笑みを浮かべて、衝撃の一言を放った。

「翼には言ってなかったよね？　わたしのお父さん、……木戸(きど)製薬の社長、つまり翼のお父さんの病院とは古くからのお付き合いなんだ」

うちの病院の……？

「だから、わたしを悲しませたらどうなるかわかるでしょ？」

目の前にいる人が俺の愛した梨紗だなんて信じ難くて。

でも、それが現実で。

　俺は……。
「梨紗、別れよう」
　もう、疲れた。
「ぇえ、翼!?　さっきのわたしの話、聞いてたの？　どうなってもいいの!?」
　もう、こうなってしまったらダメだ。
　修復出来ないところまで来てしまったんだ、俺たちは。
「……ああ。俺の中で、梨紗は……小さい頃からずっと見てきて、こうなるなんて考えたくもないくらいに大切な存在で。……大好きだからこそ、俺たちは距離を置いた方がいいんだ」
　離れるなんて、もう何年も前から一緒にいた人だから辛いし、とてつもなく、寂しい。
　けど。
　俺のせいで、俺のせいで梨紗に悪影響を及ぼしてしまうようなら。
　梨紗には俺は必要ない。
「ごめん、俺のせいだよな。こうなってしまったのも、こうやって梨紗を泣かしてしまっているのも」
　全部全部わかってる。
　大好きなのに、大好きだからこそ愛情表現が出来なくて、不安にさせてしまったから。
　梨紗を、何度となく悲しませたことか。
「梨紗は、なにも悪くないんだ……。そんなこと言ったって、許してもらえる立場じゃないってことは充分にわかってる。だけど、梨紗。……もう終わりにしよう」
　梨紗だって、これから俺といて幸せになれる保証なんかないから。
　でも、そうやって梨紗と離れることで罪を和らげようとしている俺が、自分自身が嫌になる。
　だからこそ、梨紗には俺なんかよりもいい奴がいるはずなんだ。
「……。そっかー、そうだよね！　でも、だからと言ってわたしのこと忘れたら、ただじゃおかないよ？　絶対にまた会いに行ってあげるんだから」
　表情を歪(ゆが)ませて、泣くのを堪(た)える梨紗がやっぱり愛しくて。
　でも、抱きしめることなんか出来なくて。
「梨紗、今まで、俺なんかと一緒にいてくれてありがとう」
　最後くらいは誠意をもって感謝を伝えたい。
「ふーんだ。わたしは許さないから。……でも、翼のこと大好きだよ。今も、この先も、多分」
　あはっと微笑む梨紗に。
「じゃあ、な。梨紗」
　別れることに、もう後悔はない。
　それは、梨紗にとっても俺にとっても、大切な人から離れる大きな節目で。
　一生、忘れることはないと思う。
「ばいばい翼」
　こんなときにだって、いつもの調子を崩さない梨紗に。

心の中で、ありがとう、と呟く。

俺は、梨紗に会えてよかった。

梨紗が、この先俺を恨んで生きていても、戻ってきても。

この想いは曲げることはしない、絶対に。

たとえ、もう一度、会うことになったとしても……。

翼くんの、優しさ。

「……これが、俺と梨紗の過去」
　翼くんと、梨紗さんの過去を聞いた今。
　わたしは、翼くんになにもしてあげられなかったな、と思った。
　悩んで悩んで、辛い想いを翼くんはしてたのに。
　一番近いわたしは、なにも出来なかった。
「翼くん……。ごめんなさい、わたしが辛い想いしていた翼くんを支えてあげられなくて。無神経に過去を聞いたりして！　本当にごめんなさい……」
「音羽……？」
「翼くんは、優しすぎますよっ……」
　なんで、わたしが泣いてるんだろ。
　翼くんの方がよっぽど泣きたいはずなのに。
　こんなんじゃ、呆れられてしまうよ……！
　頑張って涙を拭こうとするけど。
　止まることを知らなくて、どんどん流れてきてしまう。
「音羽。俺は……、そうやって俺のことを考えて受け入れてくれるだけで、めちゃくちゃ嬉しいよ？」
　そうやってわたしを見つめる翼くんの目は、やっぱり優しくて。
「わたし……、翼くんのことを支えてあげられるような強い人になります！」

　宣言するよ!!

「……音羽。その気持ちは嬉しいけど、俺からしたら音羽のことを支える人間になりたいって思ってたところなんだけど」

　翼くんが、わたしのことを……。

　なんか通じあってるみたいで、嬉しいよ！

「それじゃあ、お互いのことも、自分のことも支えられるようなふたりになりたいかな〜なんて！」

　にしし、と夢を語ってみると。

　翼くんは片眉をあげて「音羽に出来るの？」って、失礼だよね！

　でもねぇ、口角上がってるの見えてるからね。

　許すよ、許しまくりだよ！

「あ、そうだ。思い出したんだけど璃玖、アイツ彼女いるんだ」

「そうなんですね！　……ってはい!?」

　いや、普通に納得してしまいましたけれど！

　璃玖って、須藤先輩のことだよね!?

　さっき、チャラチャラ発言してたあの人の話だよね？

　なにそれ！　わたしたちをからかってただけなの！

「璃玖は、あーやってフラフラしてるけど実は彼女想いなんだ……。けど、よくこうやってナンパするから彼女の遊佐も、呆れ気味」

　あ、やっぱり彼女さんって、遊佐凛さんだったんだ！

　遊佐先輩は、翼くんと同じで３年生。

目鼻立ちのハッキリした美人で、うちの学年の男子にも人気がある、って聞いたことがある。
ちょっとしゃくだけどカッコいい須藤先輩と、美人な遊佐先輩なら、お似合いだな。
ふたりで並んでいるところを想像して、そんなことを思っていると。
「また、もしかしたら話しかけてくるかも知んないけど、無視して大丈夫だから」
大真面目な顔をしてそんなことを言う翼くん。
いやいや……。
「無視は、出来ないかもですね！　さすがに先輩なのでそこまでは……」
うーん、と考える。
「いや、璃玖なんかに神経使わない方が身のためだから、大丈夫」
須藤先輩には一段と当たりが強いですね、翼くんったら。
それを真顔で言うんだから、返答に困るね！
「まあ、話しかけてくることなんて、もうないと思いますよ？　わたしなんかに構わないですよ、きっと！」
安心してください、と胸をはって言えるよ？
わたしなんかよりも、遊佐先輩の方が魅力的だしね！
気になんかならないでしょ！
「……これだから、鈍感＆天然は困る」
はぁ、とため息をつく翼くんに。
「誰のことですか？」

　と、質問する。
「は……、音羽でしょ、ほかに誰がいるわけ？」
　ぱちぱちと、瞬(まばた)きをするわたしに。
　信じられない、というふうに見つめてくる翼くん。
　え、わたし、なんか変なこと言った!?
　自分ではほんとにわからないよ!?
「……ま、可愛いから許す」
「え？？　今なんか言いました？」
　ボソッと言い過ぎだよ！
　聞こえないよ！
　なんか重要なこと言ってたかな？
「……なんもないから」
「えー！　今度こそちゃんと聞きますから、教えてくださいよー！」
　そんなの、寂しいじゃん!!
　教えてくれてもいいじゃない！
　翼くんのケチ！
「あ、今、失礼なこと考えただろ」
　じとっと見てくる翼くんに、「サイコパス!?」と仰天(ぎょうてん)する。
「なわけないじゃん。音羽がわかりやすいだけだし。しかも、自分で失礼なこと言ったの認めちゃってるじゃん」
　あ、……。
　自分で墓穴掘ってしまうわたしって、ほんとバカ！
「申し訳ないです……」
　ま、バレちゃったんだからしょうがない！

　開き直るもんね！
「……って、あ、朔斗たち来たんじゃない？」
　謝ってたら、蘭と朔斗先輩、戻ってきたらしい。
「らん——！　久しぶり！」
　久しぶりではないね。
　さっきぶり……か！
　でも、蘭大好き病にかかってるわたしには耐えきれない時間だったよ。
　あつい抱擁（ほうよう）をしようとしたけど「やめて、外なんだから」って、蘭さん、冷た！
　やっぱりクールで、その方が落ち着くね！
「おーい、音羽ちゃん。俺にはなんもなしー？」
　なにを、朔斗先輩。
「当たり前じゃないですか、蘭は特別なんですぅ！」
　あのね、蘭と朔斗先輩は違うんだよ？
　朔斗先輩には悪いけど、蘭はわたしのものなんだからね！
「うわぁーん、音羽ちゃんが冷たい。翼なら迎えてくれるよね？」
「は？」
「ひいっ！　ごめんなさい、調子にのりました」
　このふたりって、不思議な組み合わせだよね。
　凸凹に見えて、しっくりくる、みたいな。
「音たちは、どこに行ってたの？」
　そこで、蘭は尋ねてきた。

「えーと。イルカショー見て、オムライス食べに行ったよ！」
　翼くんの過去も聞いたけど。
　そこは、秘密ってことで。
「音羽ちゃん、イルカショー見たいって言ってたもんね！　よかったね」
「はい！　楽しかったです！」
　そう言ってから、わたしも尋ねる。
「蘭たちは、どこ行ってたの？」
「わたしたちはペンギン見て、グッズ売り場でお揃いのストラップ買ったの」
　め、珍しい。
　蘭が、ドヤってるよ！
　しかもそのストラップ、めっちゃ可愛いし！
　ま、なんにしろ楽しめていたのならよかった！
「……それでちょっと落ち着こうか、って公園に来たら、翼と音羽ちゃんがいたってわけ」
　なるほどね。
　そうやって合流したのか！
「……今は、４時だな。このあと、どうする？」
　冷静な翼くん。
　的確なフォローだね！
　時間って大事だもんね。
「蘭の門限、５時半だよね？　ちょっと早いけど、みんなで帰りませんか？」
　蘭のお母さんは心配性だから。

　門限が早いんだよね、蘭は。
「そーゆーことなら、帰ろうか！」
　うんうん、と賛成してくれる朔斗先輩。
　どうやら、時間のことはちゃんと理解があるみたい。
「俺も、異論なし」
　翼くんも、もちろんおっけーだって。
「え、……でも、みなさんはもっと遊びたいんじゃ……」
　蘭ったら。
　そんなことに気を遣う必要ないのに。
　そう思って言おうとすると。
「蘭ちゃんは女の子だからひとりで帰るなんて危ないよー。みんなで帰れば一緒にいる時間増えるんだから、それでいいんじゃない？」
　ニコニコして、そう蘭に言い聞かせる朔斗先輩、さすがです！
　ほらほら、蘭も大人しく頷いたよ。
　朔斗先輩効果、恐るべし。
「そうだよ、蘭！　みんなで帰ろうよ！」
　満面の笑みで、蘭にそう言うと。
「……うん、ありがと」
　と、照れくさそうに呟いた。
　うーん、蘭、可愛い！
　これも、朔斗先輩のおかげかな？
　なーんて。
「朔斗、ちゃんと家まで送ってあげろよ」

　こうやって、みんなに気を配れる翼くんには、本当に尊敬の塊だよ。

「当たり前じゃん。翼に言われなくてもそうするつもりだったしね」

　もちろんと頷く朔斗先輩に、わたしは好感を持つよ！

　ちゃんと、蘭のこと考えてくれてるんだ。

　自分のことじゃないけど、嬉しいね！

「え、そんな先輩。家、遠いですよね？　悪いですよ！」

　遠慮なんて。

　そんなの、朔斗先輩にしなくていいじゃん！

　こんなこと言ったらひどいかな、ごめんね朔斗先輩。

「だーかーら、蘭ちゃんひとりで帰らせるなんてそんなの、男として出来ないよ？　この世の中、野蛮なことだってあるんだからさ」

　朔斗先輩、蘭のことを見る目が変わってる気がする。

　なんか、愛を感じるんだけど。

「あ……、ありがとう、ございます」

　顔が赤いよ、蘭!!

　もう、恋しちゃってるね？

　わかるよ。

　親友の目を誤魔化そうったって、そういうわけにはいかないからね！

　でも、蘭にいい影響を与えてるんなら、朔斗先輩、許すよ！

　あとは、朔斗先輩の周りの女性たちのことをなんとかすれば……。

「はーい、どういたしまして」

ふたりの世界に突入している蘭と朔斗先輩は置いといて。

「翼くん、なに見てるんですか？」

翼くんの方を見ると、空を見上げていて。

わたしも、同じようにするけど、なにもわからない。

「今日、満月だから」

「え、でも、月なんて見えないですよ？」

満月なのは知ってるけど。

まだ４時だからか、見えていない。

「俺が、音羽に出会った日も、満月だったから」

「あっ……」

そういえば、確かにそうだ。

いきなり同居が決まったあの日、夜、満月が見えていたの思い出したよ！

あの日からもう４ヶ月かぁ。

「……時間経つのって早いな」

当たり前のことだけど。

「……はい。なんか、翼くんが隣にいてくれて、こうやって月を見上げれて、わたしは幸せです！」

ニカッと笑ってそう言ったら。

「俺も」

だって！

翼くん、今日、素直だね！

結構、きゅんときてしまったよ！

翼くんも、同じこと思ってくれていたなんて、嬉しすぎる！

「音羽って、無自覚に俺を喜ばせる天才かも」

「ええ、そんなこと言ったら翼くんだって、わたしのことを喜ばせる天才ですよ？」

わたし、翼くんを喜ばせるようなことしたっけ？

まずさ、翼くんって感情をめったに顔に出さないからわかんないよ！

「そういう所」

そう言われても……。

「どういう所、でしょう？」

わかりにくい！

「ま、音羽は知らなくていいから」

「あーー！　そうやってまた突き放すんですから、翼くん、酷いですよ！」

確かに理解力ないけどさ。

ちょっとくらい説明してくれてもいいじゃんね！

さては翼くん、面倒くさがりだな？

翼くんの弱み？　発見しちゃった！

「はいはい、おふたりさん。もう帰りますよ」

言い合ってたら、朔斗先輩が仲介に入ってきた。

……仕方ない。

続きは、家でやろう。

「……はーい」

「……仕方ないな」
　翼くんも中途半端だな、と微妙な表情。
　完璧を求める生徒会長は、物ごとをハッキリさせないとダメみたい。
「音羽ちゃんたち、本当に仲良いね」
　感心したように言う朔斗先輩に、
「そう見えますぅ？？」
　照れちゃうなぁ！
　なんか蘭と翼くんには変な目で見られてる気がするけど……、気のせいかな？
「あはは、音羽ちゃん照れてる。可愛い」
「あっ！　そういうことを誰にでも言うの、やめた方がいいですよ！　ホントに大事な人に勘違いされますよ？」
　そっかそうだねー、ってニコニコしてる朔斗先輩、反省してないな！
　もう、蘭を悲しませることがあったら、いつでもぶっ飛ばしに行くから、覚悟しときなさい！
「……音。ちょっと時間ないから急いで」
　はっ！
　やばいやばい。
　本来するべきことを忘れてしまうところだった。
「今すぐ！」
　蘭って、怒らしたら怖いんだよ。
　さすがに今、余韻に浸ってたんだから、怒られたくないよね！

「音羽、方向逆」

　急いで帰ろうと思ったら、冷静な翼くん、止めてくれてありがとう。

　さすがにこれは恥ずかしい……。

「音ったら、しっかりしなさいよ」

　そう言いながらも優しい目をしている蘭。

　今日はさ、いろいろあったなーなんて。

　途中、笑顔ではいられないこともあったけど、それもまたいい思い出。

　翼くんと、また距離が縮まったような気がしてなんだか嬉しい！

「それじゃ、帰ろう！」

翼くんは、オオカミです。

「ちょっと、七瀬さーん。こっちも手伝って！」
「あ、はい～！」
　大体は察しがつきますか？　みなさん。
　今日は、いろいろあって忘れかけていた文化祭の、３日前なのです！
「ああ、音羽。こっちにも来てー！」
「ちょ、ちょっとお待ちを……」
　うーん、めちゃめちゃいそがしい！
　中学のときの文化祭とは比べ物にならないほど。
　こんなに大変なんだね！
「音、忙しそうにしているけど、ちょっと休んだ方がいいんじゃない？」
　ひとり、バタバタしていると、蘭が心配そうに声を掛けてきた。
「え、大丈夫だよ！　せっかく頼って貰ってるんだから、ちゃんと期待に応えなきゃ」
　そこまで弱っちくないからね！
　安心して、蘭！
「仕方ないわねぇ……」
　渋々というふうに言う蘭。
「まあ、音がいなかったらうちのクラス、完成出来る自信ないからね」

「うーん、そんなことはないと思うけど……」
　わたしたち、１年Ａ組の出し物はコスプレ喫茶！
　わたしたちが、コスプレして店員になってお客さんにまったりしてもらうっていうカフェ的なもの。
　それで、衣装は自分たちで作ってるんだけどね、わたしが家庭科を得意っていうのがなぜか広まっていて。
　こうやってありがたく依頼が殺到しているってわけなの。
「だって、ほかにも裁縫得意な人、いるでしょ？」
　例えば、飛鳥（あすか）さんとか……と蘭に問いかけると、「でも、音ほど綺麗で早くできる人、めったにいないからね」と嬉しいお言葉。
　これは、ハルさんと小さい頃から服を作っていた甲斐があったね。
「いやいや、嬉しいお言葉です。蘭さん」
　蘭ったら、たまーに褒めてくれるんだから。
　ニヤニヤしちゃうじゃないかー。
「なにニヤニヤしてるの……って、廊下すごい騒ぎじゃない？」
「うん、なんだろ？」
　蘭の言う通り、さっきから騒がしい。
　……というか、女子の黄色い歓声が。
　これは、イヤーな予感がするのはわたしだけかな？
　悲鳴が近づいて来たな……と思っていたら。
「音羽ちゃ〜ん！　来ちゃった！」

はーい、予感的中。

わたしったら勘が冴えてるぅ！

ガラッと教室の扉を開けて入ってきたのは、案の定、嫌な予感の人。須藤先輩。

先輩、すごく爽やかな笑顔を浮かべているけれど、わたしには悪魔の笑顔に見えてきた。

「須藤先輩、今わたしは忙しいんですよ。先輩は生徒会なのにそんなフラフラしていて大丈夫なんですか？」

ほらほら。

女子の視線がとんでもなく痛いよ！

女子に絶大な人気を誇る須藤先輩が、わたしなんかに声をかけるとこうなるんだよ！

ああ……。

もう、最悪だぁ。

「音羽ちゃん、そーんなイヤな顔されたら俺、悲しいな～」

そう言いながらめっちゃ笑顔じゃないですか。

「須藤先輩が悲しんでいても、わたしには関係ないですよ？」

「……なんかさ、音羽ちゃん。俺にはめちゃくちゃ当たりが強すぎない!?」

なんのことやら。

わたしは翼くん一筋なんでね！

須藤先輩には悪いけど、興味ないんですー！

「そんなことないですよ？」

すました顔でそう言ったら「どうだか……」と、ため息をつく須藤先輩。
「……あの～、音。あんたいつから須藤先輩とも仲良くなってんの!?」
驚きの表情を浮かべて目を白黒させている蘭。
思えば、言ってなかった！
そりゃあ気になるよね。
でもね、蘭に言うほどのことじゃないと思ったんだよ！
「あはは～……」
苦笑いで誤魔化(ごまか)していると、途端にガラッと扉が荒々しく開いた。
なに、今度は誰!?
慌てて振り返るとそこには。
「璃玖ったら、いつまでフラフラしてんのよ！」
これはこれは遊佐先輩！
ショートカットの黒髪が似合っていてカッコいい。
須藤先輩の、確か彼女さん。
すごい剣幕(けんまく)です。
「凛～。そんなに怒らなくてもいいでしょ。俺はね、気分転換に可愛い後輩に会いに来たんだよ」
そう須藤先輩が言うと、遊佐先輩はわたしの方を見て、目を見開いた。
わっ……。
怒られちゃう!?
『わたしの彼氏に近寄らないで！』的な……!?
ちがいます、須藤先輩が悪いんですよ！

　と、勝手な被害妄想をしていたら、なんと予想外の言葉が。

「なにこの子!!　めちゃめちゃ可愛いんですけど！」

　……え？

　なんか、思ったのと違う気が……。

「でしょでしょ!?　この子、音羽ちゃんって言うんだけど、翼の彼女」

　おふたり、なにかをわかり合ってます。

　……って！

　つつ翼くんの彼女？　わたしが!?

「あら、そうなの？　翼の彼女なんて、やるじゃない！」

「いえ、違います！　わたしなんかが彼女なはずないです！」

　おふたり、盛大な勘違いしてるよ！

　翼くんに悪いよ！

　変な噂が流れてしまうよ！

「ええ、音羽ちゃんって天然なのねぇ」

　目をぱちぱちさせてそう呟く遊佐先輩、今日もとてもお綺麗で。

　……っていうか、遊佐先輩って思ってた感じよりすごくサバサバしてる。

　こういう所が、自由人マイペースな須藤先輩は好きなのかもしれないね。

「ていうか、横の子も美人ね。なんて名前？」

　さすが遊佐先輩。

　蘭にすぐさま声をかける。
　声をかけられた蘭、びっくりしながらも、しっかり名乗る。
「蘭……、です」
「蘭ちゃんね！　音羽ちゃんに蘭ちゃん、どうせなら生徒会室に遊びに来なよ！」
　突然の提案に目を丸くする。
　今日は無理だけどね、とウインクする遊佐先輩。
「えええええ、いいんですか!?」
　遊佐先輩ったら、女神様！
　だってさ、生徒会室ってことは、翼くんもいるんだよね？　会長だもんね？
　なにそれ！　今すぐにでも行きたい！
「で、でも……。お邪魔になりませんか？」
　舞い上がってるわたしと違って、こういうときも冷静な蘭に感心する。
　確かに、迷惑だったら申し訳ないもんね。
　蘭を見習わなきゃ。
「そんなそんな〜、おふたりさんならいつでも大歓迎よ！　ね、璃玖」
　須藤先輩に同意を求める遊佐先輩。
「もちろん。翼も、音羽ちゃんが来るなら絶対いいって言うよ」
　須藤先輩、期待させるようなこと言わないでください！
　そんなことないのに。

なんてったって、毎日会ってるんだよ？

家が一緒なんだもん。

学校に来てまで、わたしに会いたくないと思うんだけど……。

「あらあら、そんなこと言ってたら翼も来たんじゃない？」

遊佐先輩の言葉にどきっとする。

……確かに、廊下の女子の歓声が、異常なほど。

これは、確実に翼くんだ。

「おい、璃玖に遊佐。いつまで帰ってこないつもりなんだよ」

ほら！

入ってきた途端、クラスのみんな、固まってるよ！

だって、あの生徒会メンバーが３人も集結しちゃったんだもんね！

正直、鼻血ものだよね！

「だって〜、音羽ちゃんと蘭ちゃんに癒（いや）されていたいんだもん」

須藤先輩はそう言いながら、わたしにいきなり抱きついてきた。

……な!?

なに？　なんで抱きつく必要があるの!?

それで、なんで遊佐先輩は止めないの！

「璃玖……、お前、その手離せよ」

眉間にシワを寄せまくって言う翼くん、めちゃめちゃ怖い！

なんで翼くんがそんなに怒ってるのかわからないけど、

とりあえず須藤先輩、離して！

「え？？　音羽ちゃんは、翼のモノじゃないでしょ？　だったら俺が触れても文句言えないよね？」

　ち、挑発的（ちょうはつてき）すぎる……。

　チラッと遊佐先輩を見ると、涼（すず）しい顔でまたウインクされた。

「ふざけんなよ……、璃玖」

「怒りすぎっしょ」

　苦笑いの須藤先輩だけど、翼くんの目は笑ってない。

「音羽に触れていい男は、俺だけだから」

　クールな顔して、言葉はわたしをドキドキさせる天才で。

「翼くん、それって……！」

　独占欲ですか？　と聞こうとしたら。

　途端に、翼くんにグイッと手を引かれた。

「音羽、あのチャラ男の極（きわ）みに、なんかされてないか？　超心配なんだけど」

　ホントに心配そうに尋ねてくる翼くんに、きゅんと胸が高鳴る。

　彼の腕にすっぽり体がおさまっていて、全身で翼くんの熱を感じてしまうし。

　とらえられたみたいで、最高潮に恥ずかしい。

「いえ、なーんにもされてないです！」

　速い鼓動と動揺に気づかれないように、ぶんぶんと首を横に振る。

「そう……、よかった。もう、璃玖が音羽に近づかないようによ――く言い聞かしとくよ……」
　いや、怖っ！
　翼くん、怖いです！
　後ろで震えてる須藤先輩、グッドラック！
「翼、一応あれ、わたしの彼氏なんだから手加減してよ？」
　フォローになってないです、遊佐先輩。
　さすが、サバサバしてますね。
「……しょうがない。遊佐に免じて手加減してやる」
　生徒会メンバーって、いつもこんな感じなのかな。
　そうだったら、楽しそうだね。
　翼くんは、いい環境にいるんだね！
　みんな、いい人たちそうでよかった！
「音羽？　なにひとりでニコニコしてんの？」
　不思議そうに、翼くんはわたしにそう尋ねた。
「えへへ、やっぱり生徒会室に遊びに行きたいなぁって思いまして」
　そう言うと、遊佐先輩が「うふふ、ぜひぜひ」と微笑んでくれた。
「音羽が来る分には全然いいけど……。そのときは、遊佐。しっかり璃玖をホールドしておけよ」
　ため息をついてそう言う翼くんに、「ほーい」と抜けた返事をする遊佐先輩。
「あっ、蘭ちゃんも絶対来なよ？」
「あ……、ありがとうございます」
　須藤先輩、いいとこあるじゃん。

ちゃんと、わたしと蘭が一蓮托生(いちれんたくしょう)ってことわかってるじゃん。

ナイス！

「……って、音羽。作業の途中だよな？」

「あ、はい！　クラスのみんなに任せたままでした！」

ごめんっ！　と、教室を見渡すと、みんなちゃんと手は動いてるんだけど、しっかり生徒会メンバーを見つめている。

それに、口パクで「こっちは大丈夫だから！」と伝えてくれるけど……。

それって絶対、生徒会メンバーをまだ拝(おが)みたいからだよね。

わかるよ、うん。

しかしながら、お別れしなきゃなんだよ。

「なら、俺たちはもう退散しなきゃね。ごめんね、A組のみんな！　お邪魔しました〜」

手を振って教室を出ていく須藤先輩に続いて遊佐先輩も、颯爽(さっそう)と廊下に踏(ふ)み出す。

あとは、翼くんだけ。

「音羽、今日はオムライスがいい」

ボソッと耳元でいきなりそう言うものだから。

ドキドキしちゃったけれど、甘えてくれたのが嬉しくて。

「はい！　かしこまりました！」

元気よく、返事をした。

「……ん、それじゃ、準備がんばって」

最後はふわっと笑みを浮かべて去っていった翼くん。
……あ～カッコよかった。
最近どんどん甘くなっていくんですけど、翼くんが。
これじゃ、心臓もたない気がするよ……。
「音、愛されてるじゃん」
ニヤニヤしてる蘭。
愛されてるって……、照れる！
「そんなことないよ！　翼くんはわたしなんかに興味ないよ！　絶対」
元カノが梨紗さんだよ？
わたしみたいな女子が彼女になれるはずがない。
「もう、会長のことになると、いつもネガティブになっちゃうんだから」
ぷくっと頬を膨らませる蘭、とても可愛い。
わたしが男子だったら確実に惚れちゃってる。
「……どうせ、変なこと考えてるでしょ」
じとっと蘭に見つめられて、知らないフリ知らないフリ。
「別にー？」
ま、そんなことより、準備だよ、準備！
そういえば、さっきまでサボってたようなものだからね。
これ以上は、迷惑かけられない！
「みんな、手伝うよー！」

＊＊＊＊＊

ただ今、夕飯のオムライス作成中。

　目の前では、翼くんが驚いた顔をしている。
「コスプレ喫茶……って、なにそれ」
　それは、つい５分ほど前。
「音羽のクラスは出し物なにするの？」
　と、尋ねてきた翼くんに、「コスプレ喫茶です！」と答えたんだけど……。
「クラスのみんながコスプレして、お客さんをお迎えするカフェ的なものです」
　説明は、こんな感じでわかるよね。
「コスプレって……、音羽もすんの？」
「はい！　全員なので！」
　しっかりと頷くと、またもや質問が。
「……なんのコスプレ？」
　翼くんがしかめっ面(つら)に見えるのは、わたしの気のせい？
「不思議の国のアリスです！」
　確かね、わたしはなんでもいいって言ったんだけど。
　クラスのみんなが、「音羽ちゃんは、アリスだよ！」となぜか勧めてくれて。
　試着してみたら好評だったんだよね！
　自分的にもアリスは好きだから、コスプレでなりきれて嬉しかったんだ。
「なにそれ、その格好でウロウロするの？」
　あり得ない、と言うふうに呟く翼くん。
　なんか……。
　わたしにアリスが似合ってないって言われているみたい

で。
「翼くんは、わたしがアリスの衣装着たら似合ってないって言いたいんですか……？」
なんだ、言わなければよかったな。
「……いや、違う。そういうわけじゃない」
慌てて取り繕うように言う翼くんに、不信感が募る。
「嘘だっ……！　正直に言っても大丈夫ですよ？　嘘つかれる方が辛いです……」
翼くんに、ちょっとでも可愛いって思われたくて。
好きな人にはそう思われたいって考えるのは悪いことなの……？
「だから、違うって。音羽」
「……知りません！　翼くんなんて知りません！」
ぷぅと頬をめいっぱい膨らませて拗ねる。
……ああ。
自分でも、とても面倒くさいことしてるって思う。
けど。
翼くんに、否定されたのがショックで。
……いいもん。そう言うならパンダの着ぐるみの恰好する。
それでウロウロしても文句言わせないからね？
「音羽、誤解だって」
今更なに言っても意味がないよ。
そう思っていたのに。
「……その、ほかの男にいつもと違う音羽を見られたくなかっただけだから」

「え……？」

どういうこと？

それって……。

「……ヤキモチ、ですか？」

さっきまで泣きたい気分だったのが、嘘みたいにドキドキしている。

そう、期待してもいいのかな……？

「……そうだよ。アリスになった音羽とか、絶対可愛いし」

頬を赤くして、そう言ってくれる翼くんに。

「なな、なんて言いましたか!?　今！」

動揺しまくりだよ？

可愛いって言ったもん！

あの翼くんが堂々とわたしに可愛いって言ってくれた！

「……聞こえてたくせに」

そっぽを向く翼くんが、愛しくて仕方ない。

「えへへ、やっぱり大好きです翼くん！」

「……え？」

……。

待って、今、わたし問題発言したよね？

『好き』って言ってしまった。

翼くん、固まってるし。

「……音羽、今、なんて？」

真剣な眼差(まなざ)しで、そう聞いてくる翼くん。

ごまかしはきかない、きっと。

　こうなったら、いっそ、想いを伝えてしまいたい。
「翼くん、好きです！」
　勢いで言うのは嫌だけど。
　告白するなら、今しかないって思った。
　この気持ちが溢(あふ)れ出る前に。
「……」
「あ、わたしなんかに好かれても嬉しくないのはわかってますけど、これからもいつも通りにしていただきた……えっ!?」
　俯いて言い訳の言葉を述べていると。
　いつの間にか、抱きしめられていた。
「……嬉しくないわけないじゃん」
　耳元で声がして、くすぐったい。
「俺だって、音羽のこと好きだから」
「えぇぇ!?」
　まさか翼くんと同じ気持ちだったなんて、信じられないよ……！　わたし、幻聴きこえたのかな……？
「だから、璃玖にだって嫉妬するし、それは音羽のことが好きだからだし」
　翼くん……。
「わ、わたしだって、３年生の方たちにヤキモチ妬きますよ？　翼くんと同じ学年で、思い出だっていっぱい作れるんですもん……」
　学年違うとね。
　寂しくなるんだよ。

　授業受けてても、今翼くんなにしてるかな、とか考えちゃうし。
　女の子と喋ってたら嫌だな、って思うし。
「そんなの、これから一緒に作っていけばいいじゃん」
　だから、こうやって当たり前のように言ってくれる翼くんと想いが通じあえたのが幸せで。
　……大好きって思えた。
「音羽さ、俺、めっちゃ嫉妬深いけど大丈夫？」
　わたしの顔を覗き込んで、そう尋ねてくる翼くん。
　なんて嬉しい心配なんでしょうか！
「翼くんのヤキモチなら、嬉しすぎますよ！」
　それって、愛されてる証拠だもんね。
「……ふ、可愛い」
「なななななな」
　めちゃめちゃ甘い！
　翼くんが甘すぎてわたし、もう死にそうです……。
「その慣れてない感じも好きかも」
　真顔で言われても。
　ま、なんだかんだ言いつつ嬉しいんだけどね！
「翼くん、わたしなんかでホントにいいんですか……？」
　あとになって「やっぱ、なし」とか言われたら立ち直れないよ!?
　わたし、七瀬音羽は、返品不可だよ？
「当たり前。音羽じゃなきゃ無理」
　安心させてくれるように、もっと強く抱きしめてくれる翼くんに。
「わたしも、翼くんが大好きです～！」
「なにそれ、そんなこと言ったら襲うよ？」
「はい!?」
——翼くんは、どうやらオオカミくんのようです……。

story3

翼くんとの、文化祭！

——ついに！

この日、文化祭当日がやって来ました！

「ベリーパンケーキと、抹茶パフェひとつー！」

「17番にこれ、持って行って！」

１年Ａ組のコスプレ喫茶、と～っても大繁盛！

朝から人が絶えなくて、みんな大忙し。

「音羽、１回休憩入りなよ。会長とまわりたいでしょ？」

蘭がそう気を利かせてくれるけど。

「そんな、悪いよ！　みんな忙しい中、わたしだけが休憩だなんて……」

そんなことしたら、迷惑かけちゃう！

わたしは大丈夫だし、手伝うことといっぱいあるから。

「なに言ってんの、七瀬さん。準備のときから人一倍頑張ってくれてたんだから、休憩くらいとってよ！」

渋っていると、学級委員長の颯太くんがそう言ってくれた。

「え、でも……」

「いいからいいから。——七瀬さん、休憩はいりまーす」

「「「はーい！」」」

颯太くんの声に、みんなが返事をする。

「ほら、誰も七瀬さんのことダメだなんて言わないでしょ？みんな、七瀬さんには借りを返したいと思ってたはずだからさ」

　借りだなんて……。みんな、優しすぎるよ。

「颯太くん……。ありがとう！」

「いいえ！　それじゃあね」

　そう爽やかに教室に戻っていった颯太くんに、もう一度心の中で感謝を込める。

「ほら、音。行ってきなさい」

　蘭も、そう言ってくれる。

「うん！　また戻ってくるから！」

　みんな、本当に優しいね。

　この世の中、捨てたもんじゃないよ！

　教室を飛び出したのは良いものの……。

　忙しいからか、スマホには反応がない翼くん……。

　肝心の翼くんがどこにいるのか、見当がつきません。

　まずは、3年B組に行こうかな。

　翼くんのクラスに向かいつつ、そういえば出し物を聞いてなかったなぁと考える。

　なにするんだろう……？

　気になる！

　聞いておけば良かったな。

　頭を捻（ひね）りながら歩くけれど、なぜか視線が気になってしまう。

　なんか、めちゃめちゃ見られてる感じすごいんですけど！　気のせいじゃないよね、これ！

　特に、男性の方の視線が……。

文化祭ってこともあって、生徒以外の人たちも遊びに来ているわけで。

知らない顔がたくさんで、なんだか怖くなってきたよ。

ああ、翼くんどこ!?

焦りながらも3年B組に到着。

真っ先に翼くんを探すけれど、見当たらない。

……と、教室の看板が目に入った。

「……ホラーハウスB組?」

ホラーハウスって。

絶対お化け屋敷じゃないか!!

翼くんのクラス、ホラー系なの!?

そうなれば、入ろうにも入れない。

わたし、おばけ自体は大丈夫なんだけど、暗いのが怖いから。

どどどどうしよう!?

教室の前で躊躇(ためら)っていると。

「七瀬さん……だよね？　どうしたの、こんな所で」

数人の男子生徒、おそらく3年生に、そう声をかけられた。

「あっ……」

その中のひとりは金髪で。

……いかにも、ヤンキーっぽくて言葉を発せなくなってしまう。

「ってか、噂どおりめちゃくちゃ可愛いね。用がないんなら、俺たちと一緒にまわらない？」

　じょじょ冗談じゃないですよ！
　知らない人と文化祭を過ごすとか絶対むりです！
　そう思うのに、声が出てくれない。
「その格好、アリス？　超似合ってるね。……怯えてるのも可愛いねぇ」
　ニヤニヤしながら、手を伸ばして触れてこようとする先輩たちが怖い。
「ほら、一緒に来なよ」
「や、やだ……」
　……っ翼くん！
「……お前ら、音羽になに絡んでんだよ！」
「翼くんっ！」
　心の中で呼んだら、本当に来てくれた。
　気のせいか、翼くんの額には汗が滲んでいる。
　まさか、走ってきてくれたの？
　わたしなんかのために？
「は、天野には関係ねぇだろ。俺たちは、その子に興味あんだよ」
　翼くんの登場に、驚いた様子の先輩たちだったけれど、気を取り直してそう言い繕う。
「……は？　音羽は、俺の彼女なんだけど、それがなにか？」
　翼くんの背後から殺気が立っている。
　逃がさない、とでも言うように。
「か、彼女？　……なんだ、それなら早く言えよ！　知らなかったんだから許せよな！」

　わたしを翼くんの彼女だと認識したのか、怯えた様子で去っていった先輩たち。
「音羽……、大丈夫か？」
　そう聞く瞳には心配の色が浮かんでいて。
　愛されてるな、って実感した。
「はい！　大丈夫です。翼くんがすぐに駆けつけてくれたんですもん！」
　だからね、心配かけないようにもっと自分が強くならなきゃだよね！
　いつもこうやって助けてくれるとは限らないんだから。
「本当か？　無理してない？」
「大丈夫ですよ？　もう、翼くんは心配性ですね〜」
　そう言ってニカッと微笑んだら、翼くんは安心してくれた様子。
「なんかあったら言いなよ。遠慮とか要(い)らないから」
「えへへ、はい！」
　翼くんはヒーローみたいだね。
　わたしの、大好きな自慢の彼氏さま。
「……でも、もう近寄ってくる猛者(もさ)はいないと思うけど、念のためだから」
「え……？　どういうことでしょうか？」
「当たり前。さっき、音羽は俺の彼女ってわかったはずじゃん」
　なにを今更、という風な表情の翼くん。
　……彼女、か。

て、照れるなぁ。
「会長様は強いですね」
さすがはカリスマ生徒会長。
生徒が逆らうなんて、もってのほかだね。
「権力に頼ってるだけの、かっこ悪い男だよ」
それなのに、そんなこと言うんだからさ。
翼くんは、ホントにわかってない！
「なに言ってるんですか！　わたしや、生徒の皆さんにとって、翼くんはヒーローなんですよ？」
この学園の生徒会長になるには、並の努力じゃ出来るはずがないんだから。
それをみんなわかってるのに。
わかっていないのは会長本人。
「ヒーロー……って、音羽、子供だな」
「ええ!?　酷いです！」
ほ、褒めただけなのに！
子供だなんて、酷い……。
「ふっ……。でも、音羽の気持ちは伝わった。ありがとう」
そんなこと言ったあとに、不意打ちはずるい。
なんでも許しちゃうじゃない！
「翼くん、わたしの扱いが上手くなりましたね」
「なんのこと？」
しらばっくれるのも上手くなりましたね！　ほんと！
ま、そんな所もぜーんぶ好きなんですけどね。
「あ、話変わるけど。音羽ってホラー系、無理だよな？」

　そうだ、と尋ねてくる翼くんに「あ、はい……」と答える。
　翼くんのクラスの出し物なだけに、申し訳ない。
　できれば一緒に入りたかったのに！
「ん、なら生徒会主催のミニプラネタリウムに行こ」
「あ！　わたしの案、通ったんですか!?」
　いや、今更だけど！
　あのときのわたしのアイデアを、翼くんは通してくれたんだ！
「璃玖が言ってたよ。音羽ちゃん、ナイスアイデア！って」
「須藤先輩が……」
　須藤先輩、見直したよ。
　いいところあるじゃない！
「ま、絶対通るって思ってたけどな」
「嬉しいです！」
　サラっと翼くんも、そう言ってくれて。
　音羽、幸せ者です！
「ん、じゃちょっと準備手伝ってよ」
「もちろんです！」
　案出したのはわたしだからね。
　少しでも手伝わなきゃ！
「あ、でも璃玖に会わせたくな……」
「行きますよ！　翼くん！」
　翼くん、ごめん。
　言葉、遮（さえぎ）っちゃったけど、許してね。

「……仕方ない。俺から離れるなよ、絶対」
　その格好だって可愛すぎ、って。
　なにそれ！　嬉しすぎます！
「えへへ。翼くんだって、制服いつも似合いすぎてカッコよすぎですよ？」
「……意味わかんないし」

＊＊＊＊＊

「わ、音羽ちゃんじゃん！　なにその格好、アリス？　超超似合ってる！」
　はーい、出ました須藤先輩。
　わかってたけど、わかってたけどほらほら。
　翼くん、目からやばいビーム出てるよ!?
　今にも須藤先輩を抹消しそうな……。
「……翼も今日もイケメンだね」
　あはは……と弁解する須藤先輩に、まだ睨んでいる翼くん。
「なになに……。って、音羽ちゃんだ！」
　今度は遊佐先輩が登場！
「あ、遊佐先輩。今日もお綺麗で」
「やーん、嬉しいこと言ってくれるわね！　でも、音羽ちゃんの方が可愛いよ？」
「いえいえ……」
　なにを言ってるんでしょうか？
　遊佐先輩に勝てる女性はいないですよ!?

「お前ら……、早く自分の持ち場に戻れ」
　翼くんは、わたしを自分の背中に隠(かく)しながらそう言う。
「えー、翼ばっかりズルい！　わたしたちだって音羽ちゃんと戯(たわむ)れたいわよ！」
　戯れたい……って。
　わたし、動物扱い……？
「ダメだから。言っとくけど、音羽は俺のだから」
　そう翼くんが言った途端。
「『は？』」
　と、須藤先輩と遊佐先輩は顔を見合わせてぱちりと瞬き。
「あら、やっぱりもう付き合ったの？」
「なんだ、よかったね？　どうせ、両思いなんだからってこっちがヤキモキしてたんだよ？」
　案外あっさりと受け入れられた。
「……てことだから璃玖。お前はもう近づくな」
「えぇぇ!?　酷い！　俺だって音羽ちゃんに会いたいよー！」
　泣いちゃうっと、泣き真似してる須藤先輩は放っておいて。
「音羽ちゃん、こっちで一緒に作業しない？」
　と、誘ってくれた遊佐先輩の元へ行くことにした。
「はい！」

　＊＊＊＊＊
「よし、準備かんりょーう！　あと、上映まで30分だね」

スクリーンも、椅子も、全部揃った！

準備は、結構大変だったけれど、達成感がすごい！

やって良かったな。

「遊佐。全校生徒集めるアナウンス出して。麻葉は、照明の状態をチェックしといて」

生徒会のメンバーに、テキパキと指示を出す生徒会長、翼くんの姿に思わず見とれていまう。

……ダメだ、ダメだ。

わたしも、しっかりしなきゃ！

「璃玖は、もう教壇に立っといて」

「おけー」

須藤先輩が去って残ったのは、翼くんとわたし。

「わたしは、なにかすることありますか？」

最後までお役に立ちたい！

そう思って聞いたら。

「俺は、舞台には立たないから一緒にプラネタリウム見よ」

と、なんと嬉しいお誘い。

「いいんですか？　生徒会長なのに」

「うん、俺は表には出たくないから」

璃玖の方が司会とかうまそうだし、という翼くんには確かにと思う。

なんたってチャラいからね！

「……でも、最後の文化祭をわたしと過ごしていいんですか？」

最後って、絶対思い出に残るんだよ。

　そんな大事な日をわたしと過ごしちゃって、後悔しないかな？
「俺は、音羽と過ごしたいから言ってんの」
　それなのに、わたしの不安なんか吹き飛ばしてくれて。
「……へへ、なんか翼くんわたしに甘いですね」
　最近、と付け足すと。
「音羽を手放したら一生後悔すると思うから」
　と、真っ直ぐわたしの目を見てそう伝えてくれた。
　翼くんは、もう梨紗さんとのような過ち(あやま)を犯(おか)したくないんだ。
　だから、わたしに愛情表現をしてくれてる。
　それは、幸せすぎることだから。
「わたしが翼くんから離れるときは、一生訪れないと思いますよー？」
　わたしだって、いっぱいいっぱい愛を伝える。
「音羽って無自覚の小悪魔」
　ため息をついてそう言う翼くんに。
「えー？　どこがですか？」
　と尋ねるけど。
「あ、始まるよ」
　と、思いっきりはぐらかされた。
　仕方ない。
　今回は許してあげるんだから！
　体育館、もとい会場が暗くなる。
「えー、桜ヶ丘学園高等部の生徒の皆さん、保護者の皆さま、生徒会主催のミニプラネタリウムにお越しいただきありがとうございます！」
　須藤先輩がそう話した瞬間に、歓声がわく。
　……さすが、須藤先輩！
「僕は生徒会副会長の、須藤璃玖です。……えーと、実は、このミニプラネタリウム、僕たち生徒会が考えたものではないんです」
　須藤先輩が真剣な表情になった途端に、会場はシーンとする。
「あっ……。ちょっ、翼くん！　須藤先輩、あれ言っちゃって大丈夫なんですか？」
「いいから。璃玖にも考えがあるんだろう」
　そう言えるのは、やっぱり生徒会の信頼関係があるからで。
　わたしも、信じてみようと思った。
「この素晴らしきアイデアを出してくれたのは、僕たちの生徒会長、天野翼の大切な人です」
　大切な、人。
「翼は本当はナイーブだし、傷つきやすくて。でも、そんな翼を温かく支えてくれた人がいて。……その人は、誰よりも人のことを考えられる、とてつもなくステキな人なんです」
　須藤先輩は、わたしのこと、そんな風に思ってくれていたなんて。
　わたしのことを認めてくれたみたいでありがたくて、ほんの少し、泣きそうになった。
「だから、僕には一段とこのミニプラネタリウムが眩しく見えるんです。大切な人のために、考えたこのアイデア。皆さんも、大切な人のことを考えながら上映をお楽しみください」
　そこで、須藤先輩はマイクを切った。
　会場は大きな拍手がわき、……静かになった。
　――カチッ。
「綺麗……」
　視界いっぱいに広がる星空。
「……俺、今の聞いてやっぱり音羽を離したくないってすごい思った」
「翼くん……」
　翼くんはじっと星を見つめ、私の手をにぎった。
「もう、後悔したくないから。音羽のこと、大好きだから」
「はい……。わたしもですよ！　さっきも言った通り、わたしから離れる予定はこの先、一切ありませんよ？」
　わたしたちがこの星空を見ている場所は、特等席。
　……生徒会長室。
　ここは、体育館の大階に繋がっている。
　そして昔から、この学園には言い伝えがあった。
　文化祭で、誰にも見られずに手をつないで最後の花火を見たら。
　……そのふたりは、永遠に結ばれる。
「翼くん、……星が綺麗ですね」

その意味を、翼くんは知っているでしょ？
「ああ」
　だから、そんなに頬が緩んでるんでしょ？
　――パーン！
「花火だ！」
　会場から、誰かの声が聞こえて。
　窓の外を見ると、広い広い空の片隅に花火が浮かんでいて。
「音羽、花火も綺麗だな」
　その意味は、わからないけど。
　答えと思っていいのかな？
「はい……！」
　ゆるゆるのほっぺたを抑えながら返事をする。
「なあ、音羽。もうすぐ、同居生活も終わりだな」
　その翼くんの言葉に、やけにしんみりしてしまう。
「はい……。でも、家が違うからってなにもわたしたちの関係は変わりません！」
　しっかり頷くわたしに、翼くんはふわっと笑みを浮かべて。
「ん。……やっぱり音羽、小悪魔だわ」
　――キスを、した。
「つ、つつつ翼くん！　ここ、学校ですよ!?」
　う、嬉しいけど！　恥ずかしいけど！
　それより誰かに見られてたらどうするの!?
「大丈夫だって。なんたって、ここ特等席だから」

　わたしの心配を他所に、余裕の表情の翼くんに。
「む〜……。わたしだって、大好きですもん！」
　ぎゅっと抱きつく。
「音羽も大胆じゃん。……あ、先生」
「ぎゃっ！」
　先生!?
　咄嗟に翼くんを押し返すと。
「嘘に決まってんじゃん」
　今度は、翼くんからくっついて来てくれた。
「なんだ……。よかったです」
　びっくりしたよ。
　心臓止まるかと焦ったよ。
「音羽って純粋」
「それって褒めてるんですか？」
　クスッと笑ってる翼くんに。
　じとっと重い視線を送る。
「褒めてるよ」
　音羽に日に日に溺れてる、だって。
　……ほーんと、甘々彼氏さんは、困ります。
「翼くんって、実はわたしのことめちゃめちゃ好きですよね？」
「それ、聞く？　家で教えてあげても……いいけど？」
　不敵な笑みを浮かべている翼くんには、勝てそうもありません！
「音羽、俺に愛されてるってちゃんと自覚しといて」

　そんなこと言うんだけど。
「翼くんだって、わたしに愛されてることわかっておいてくださいね？」
　と、返す。
　わたしだって負けてないんだから！
　むんっと胸を張ると「ん」と短く返事をして、こう囁いた。
「……愛してる、音羽」

翼くんの、看病。

「翼くん、お粥出来ましたよ！」
　文化祭が終わって、１週間後。
　なんと翼くん、風邪を引いてしまったのだ！
　看病するのは、うちのメイドさんがやるって言ってくれたんだけど。
　彼女なんだから、わたしがやりたいって名乗りを挙げたってわけなのさ。
「……変なの入れてたら怒るよ」
　弱ってるのに。
　こうやって茶々入れてくるところは変わらないね。
「大丈夫です－！　あ、でも、翼くんへの愛は入れてきました！」
　自分でも結構アホなこと言ってるってわかってるけど、一応伝えとくね。
「ん。よろしい」
　熱があるためか、顔が赤い。
　フーフーして、少しずつ食べる姿がなんとも可愛い！
　……本人に言ったら怒られるから、内緒ね。
「……美味し。さすが音羽」
「でしょでしょ～？　わたし渾身のお粥なんですもん！」
　お粥なんて作ったの初めてだけど。
　「音羽お嬢様、さすがです！」と、タオル片手に涙を拭いているシェフの太鼓判(たいこばん)ももらったんだから！
　なめてもらったら困るよ？
「……ん、ごちそうさま」
「早っ！」
　ひとりで回想してたら、翼くんはいつの間にか食べ終わってた。
　うーん、やっぱり翼くんは食べるのが早いなあ。
　わたしとしては、嬉しいけど！
「えへへ、美味しかったならよかったです！」
　やっぱり自分で作ってよかったな。
　喜んでもらえたら嬉しいのが作った人の気持ちだからね。
「……音羽、薬は？」
　ベッドに寝転がってそう聞いてくる翼くん。
「あ、薬、下に忘れてきました！　取りに行ってきますね」
　わたしとしたことが。
　大事な薬を持ってくるのを忘れるという失態。
　ベッドから離れて取りに行こうとすると。
　――グイッ。
「わっ……」
　翼くんに、腕を引っ張られてベッドにダイブ。
「つつ翼くん!?」
　いきなりどうしたの!?
　風邪のせいで血迷っちゃった!?
「……どこ行くわけ？」

「え？　どこってリビングですが……」
　翼くんの質問にキョトンとする。
　って、それより近い近い！
　熱っぽい翼くんに抱きつかれて身体がわたしも熱くなってくる。
「……音羽がどっか行くなら、薬なんかいらない」
　……不覚にもキュンとしてしまう。
　いつもはクールな翼くんが、捨てられた子犬みたいな瞳で見てくるんだもん。
　なにを!?
　だけど、それはダメだよ！
「なに言ってるんですか。１分もしたら戻ってくるんで、ちょっとの我慢ですよ？」
　薬を飲まないっていう選択肢（せんたくし）はないからね！
　どれだけ翼くんが甘えてきても、それは譲らない！
「無理。音羽は離れないって言ったじゃん」
　不安そうにぎゅっと抱きしめてくる翼くんに。
「離れませんよ？　でも、翼くんの風邪が治らなかったらもっと離れないといけないですよ？」
　移っちゃうから、ずっと一緒のところには居られないんだよ。
　治ったら、どれだけくっついてもいいんだから。
　未来を見ようよ！
「え……、それは無理。でも、音羽を逃がすのも無理」
「……ええ」

ダメだ！

こんなに堂々めぐりで理不尽な翼くん、初めてかも知れない！

ある意味、新鮮かも……。

「でも、……移っちゃったらダメだからいいよ。離れて」

そう言って、自分からは離れないんでしょ？

離れられないんでしょ？

「……そんなの無理ですよ。わたしだって、離れたくないんですもん！」

自分から離れてよ。

わたしだって、翼くんの温もりを感じてたいもん。

「なにそれ。音羽が離れてって言ったんでしょ」

「うっ……。でも、翼くんを不安にさせたくないし……、わたしも嫌だから……」

そんなこと言うけど、自分でも離れたくないだけ。

ちょっとの時間も近くにいたいんだ。

「……あーあ、そんな可愛いこと言っちゃって。俺、今正常じゃないから、なにするかわかんないの知ってて言ってる？」

ギッ……と、ベッドが音を立てる。

これは……、なんかやばい予感がする!!

「ししし知らないです！　薬、取ってきますね！」

そう慌てて翼くんの部屋を出るものの。

未だ顔は火照っていて。

「翼くん、５秒で戻ってきますね」

　と、ひとり呟いた。

「５秒じゃないじゃん、１分かかってる」
　薬を取って、戻ってきたら翼くんからのそんなお言葉。
「翼くん……、聞こえてたんですか？」
　あれ、独り言のつもりだったのに！
　まさか聞こえていたとは恥ずかしい……。
「ま、いいけど？　薬飲ましてくれるんだったら許したげる」
「は、はい!?」
　ボンッと頬が赤くなるのを自覚する。
　飲ましてあげる……って、嘘ですよね!?
「冗談だけど」
　冗談ですよね！
　あのね、嘘つくときも真顔ってやめて。
　わからないから！
「意地悪……」
　むむむ、と頬を膨らませて怒る。
　最近、絶対わたしで楽しんでるもん！
　ダメだよ、そういうのよくないよ！
「ふーん。それじゃ、構ってあげない」
「え!?」
　もっと意地悪!!
　泣いちゃうよ？
　わたしが泣いちゃったら、どうするの、翼くん！

「ごめんなさい！　意地悪……でいいから構ってくださいよ～」

　さすがに意地悪じゃないとは言いきれなかったよ！

　そこは勘弁してね？

「……意地悪で、いいんだ？」

　ちょっとびっくりした様子の翼くんだけど。

「だって、意地悪な翼くんも大好きなんで！」

　ぐっ！　と親指を立てる。

「……あ、そう。音羽、おいで」

　そしたらいきなり甘くなるし。

　翼くんの温度の変化に、わたしはついて行けません！

「……音羽、移したらまじでごめん」

　くっついてくるくせに。

　謝ってくるんだから。

「わたし、風邪は引かない体質なんで、安心してください！　しかも、翼くんの風邪なら移っても大丈夫です」

　自分でもなに言ってるのかわからないけどね。

　わたしだって、翼くんに甘えたい。

「なら、移してあげようか？」

　ニヤッと笑う翼くん。

　これは、さっきよりも危ないのでは？

「いやいや、寝ましょう!?　風邪を早く治す努力した方がいいかと……」

　あせあせし出すわたしを見て、ぷっと吹き出す翼くん。

「わかった。寝るから部屋出な」

今度は追い出すんだ〜！
それなら、わたしは出ないもん！
「嫌ですぅー！　一緒に寝ますよ！」
そうやって翼くんのベッドに近寄っていくと。
「は？　無理無理。だから、俺なに仕出かすかわかんないんだって」
さっきと違って翼くんが焦り始めた。
「えぇ、でも離れろって言うんですか？」
しょぼんと俯くと、「いや……」と口籠もる翼くん。
「わかりました。もう、今日は近寄りません……」
そう言って部屋を出ていこうとすると。
「……ちょっと待て音羽。俺、今、制御出来ない頭になってるけど、それでいいならだけど」
翼くんがストップをかけた。
「翼くんは、優しいですもん！　無理やり……なんてことはないですよね？」
じっと見つめると。
「はぁ……。男にそれは酷だって」
そう言いながらも、手招きしてくれた。
「えへへ。翼くん大好き！」
熱のせいか暖かい翼くんに、思う存分抱きつく。
「音羽さぁ、俺以外の男だったらまじで危ないから」
ほんと小悪魔、と呟く翼くんに。
「翼くん以外の男の人なんて関係ありませんよ？」
と上目遣いで見る。

「……だから、そういうのどこで覚えてきてるわけ？」
　おかしくなりそう、と頭を抱える翼くんに。
「し、自然と……？」
　よくわかんないや、とニコッと笑う。
「ま、いいや。可愛いから許す」
　やっぱり、翼くんは甘々です……。
　なーんて思っていたら。

　――ピーンポーン
　家のチャイムが鳴った。
　その後、コンコンとノックの音がして。
　「はーい」と返事したら、ハルさんがドアの向こうにいた。
「お嬢様。お客様です」
　……客？
　誰だろうと、思っていると。
「翼～、大丈夫？　って、音羽ちゃん久しぶり」
「……お邪魔します」
　部屋の扉が開いて入ってきたのは、朔斗先輩と蘭！
「……ウザイの来た」
「ちょ……、せっかく来てくれたんですから感謝しないとですよ!?」
　翼くんのお見舞いに来てくれたんだから。
　本人が感謝しないでどうするの！
　そう思っていると、ハルさんは「失礼します」と部屋から出て行った。

「……でも、俺たち来なくても元気そうだね。音羽ちゃん効果、恐るべし」
　ニコニコしながらそんなことを言う朔斗先輩。
「そんなことないですよ！　ゆっくりしていってください」
　一応、ここは七瀬家だからね！
　誰を上げるかは、わたしの自由なのである！
「あの、果物買ってきたんですけど……。音、切りに行かない？」
　お、蘭ったら気が利くね！
「うん、もちろん！」
　そういうことなら行こう！
「あ、朔斗先輩。翼くんのこと、よろしくです！」
　部屋を出る前に言い残してキッチンへ向かう。
「ねね。蘭、朔斗先輩といい感じだよね？」
　キッチンに着いて、りんごの皮をむきながらそう尋ねる。
「わたしは、好き……だけど。でも、朔斗先輩はそう思ってないと思うから」
　蘭……。
　平静を装ってるけど、本当は心が辛いよね。
　片思いって、辛いんだよ。
「今日は、朔斗先輩に誘われてお見舞いに来たの？」
　弱気な蘭なんて、らしくない！
　わたしが元気づけなきゃ。
「うん。家にいたら天野会長のお見舞いに行かない？ってメッセージが来たから」

「なら、脈アリだとわたしは思うけどなぁ」
　わたしはさ、お世辞とか思ってないことは言わないんだよ。
　だからこそ、蘭は自信持っていいと思うんだ。
「あとね、朔斗先輩は興味もない相手に自分から行かないと思うよ。これは、わたしの勘だけどね！」
　チャラいかもだけど。
　そこは、ちゃんとしてると思う。
　わたしは信じてるから、朔斗先輩を。
「そう、だよね。ありがとう、音」
「ううん！　わたしは、応援してるよ！　蘭の親友だからね」
　両思いになったらいいなって。
　蘭が笑顔になったらいいなって。
　わたしは、そう思うよ。
「……うん。その様子じゃ、音は天野会長と……？」
　蘭は余裕があるわたしを見て、察したみたい。
　さすが、親友は違うね！
「うん！」
　満面の笑みを浮かべるわたしに、「よかったね」と蘭も笑顔でそう言った。
「なら、わたしも頑張らなきゃね」
「おっ！　その調子だよ、蘭！」
　蘭なら大丈夫！
　優しくて可愛くて、思いやりが世界一ある女の子なんだからね！
「音にいい報告が出来るように頑張る」
「うん！」

＊＊＊＊＊

「帰っちゃいましたね、ふたりとも」
あれから、１時間ほど滞在していた蘭と朔斗先輩は、蘭の門限が来ちゃうと言って、ふたりで帰って行った。
「ん。俺としてはまた音羽とふたりっきりだから、嬉しいんだけど」
翼くんったらー。
ホント嬉しいこと言ってくれるんだから！
「わたしもですよ？」
そう言ってちらっと翼くんを見ると……。
「……って、もう寝ちゃったんですか!?」
疲れたのか、翼くんはすぐに眠りに入っちゃって。
寝顔も、さすが美男子。
お美しい……。
まあ、寝ちゃったなら、そっとしておかないとね。

寝たのを確認して、静かに部屋を出ると。
メイドのハルさんが走ってきた。
「どうしたの？」
ハルさんが走るなんてあまりないことだけど。
「お嬢様。お母様からお電話です」

「ママから？」
　ハルさんの言葉にドキッとする。
「わかった。伝えてくれてありがとう、ハルさん」
　わざわざ走ってまで伝えてくれたハルさんに感謝の意を伝えて、自室に戻る。
『もしもし、音ちゃん？』
　電話を取ると、すぐに懐（なつ）かしい声がした。
「ママ！」
　大好きなママの声が聞けて、胸がじーんと温まる。
『久しぶりね！　元気にしてた？』
「うん！　ママたちは上手くいってる？」
　会社の方は大丈夫なのかな？
　上手くいってるのかな？
『ええ。いい感じになってきたわ。……だから、そろそろ帰れるわよ！』
「え……」
　ママたちが、帰ってくる。
　それは、どう考えても嬉しいことのはずなのに。
　翼くんのことを考えると、素直に喜べない……。
『音ちゃんにも翼くんにも、迷惑かけたわね。ふたりとも仲良くやってた？』
「うん……！　翼くんはとってもいい人だったよ」
　思えば半年。
　とっても早かった。
『そう。なら、別れるの辛いわよね……。でも、学校でも会えるでしょ？』

ママは、わたしがなにを思っているのかわかっていると思う。

でもね、やっぱりママたちが帰ってくるのはずっと願ってたことだから。

「うん！　ママたちは気をつけて帰ってきてね」

笑顔で迎えるのが当たり前！

『わかったわ。２週間後には帰る予定だから、翼くんにも伝えておいてね』

そう言って、電話は切れた。

ツーツーという無機質な音が耳に流れてきて。

どうしようもなく寂しくなった。

＊＊＊＊＊

「……ってことでママとパパ、２週間後に帰ってくるんです」

翌日。

翼くんは見事に風邪を治し、回復！

だから、昨日の出来事をちゃんと話したんだ。

「そうか……。もう半年か」

翼くんがそう言って、ちょっぴりしんみりした空気になる。

「はい……。早かったですね」

あの日、いきなり同居が決まったときはどうなるかと思ったけれど、今やこうなってるんだもんね。

　時間ってすごい。
　想像しなかったことが、何日かあとには当たり前になってるんだから。
「音羽とこうやって過ごすのも最後だな」
　俺らの環境が異常だったんだけど、と苦笑する翼くんにそうですね、と頷く。
「なんか……寂しいですね」
　今までは、ひとりで過ごすことや誰かと離れるなんて、どうってことなかったのに。
　翼くんに出会って、わがままになってしまった。
「……ん。でも、生徒会室遊びに来なよ。そうすれば、会えるから」
　そんなわたしを受け止めてくれる翼くんが大好きで。
　翼くんが、同居相手で本当に良かった……！
「はい！　もちのろんです！」
　そう言ったわたしに笑顔を向けて「俺と離れて寂しいからって泣くなよ？」と……！
　意地悪なんだから！　ほんとに。
「大丈夫ですよ！　強くなったんですからぁ！」
　翼くんにふさわしい女になりたいんだもん。
　そんなことでウジウジしないよ！
「別に、泣いても慰(なぐさ)めてあげるからいつでもおいで」
　……もう。
　翼くんは、やっぱりわたしのことを甘やかしすぎなんだよ。

「そんなこと言ったら毎日会いに行きますからね！　覚悟しといてください！」

——もう、離れたって寂しくない！

翼くんとの、同居→学校生活。

「行ってきまーす！」
　朝。
　そう声をあげると。
「「「「行ってらっしゃいませ、お嬢様」」」」
　きれーいに揃った挨拶（あいさつ）が聞こえる。
　それが今までの日常だったのに、やっぱり翼くんがいないことに違和感を感じてしまう。
　――翼くんは、３日前に家に帰って行った。
　その日にママとパパが帰ってきて、挨拶もそこそこに自分の家に戻ったんだ。
　ちょっとばかし寂しいけど、これから学校で会えるんだから、音羽、我慢我慢！
「あら、音。朝からご機嫌ね」
　寂しさを吹っ飛ばすようにルンルンで歩いていたら蘭に遭遇。
　今日はなんとなく歩きたい気分だったために徒歩通学！
「うん、おはよう！　いい朝だね！」
「おはよう。……曇ってるけどね」
　ありがとう！
　つっ込んでくれるのをわたしは期待してたよ？
　蘭に会ったらいつもの調子が出てきたよ！
「元気なことはいいことだけど……。ちょっと暑苦しいよ？」

　ん〜、冷たい蘭さん！

　でも、そんな所も大好きです！

「まあ、天野会長いなくなってしょんぼりしていると思ってたから、ちょっと安心したけれど」

　要は、心配してくれてたってことだよね。

　ありがたき幸せ……！

「ありがと蘭！　でも、わたしは大丈夫だよ？」

「この感じ見てたらわかったわよ。……愛のパワーってやつね」

「えー？　蘭、なんか言った？」

　最後の方、聞き取れなかったよ。

　ま、いっか！

「そうだ！　今日の昼休み、生徒会室に遊びに行かない？」

　そう言えば、と。

　翼くんに会いに行くには、ひとりじゃ心細いからね！

　蘭も一緒に行こうよ！　と、誘う。

「いいよ。天野会長に会いたいんでしょ？」

　わたしの思ってることなんてお見通しのようで。

　さすが親友は違う！

「うん！　ありがとう」

　抱きつこうとしたけど、避けられた！

　いいけどね！　別にいいけどね!?

　寂しいなぁ、もう。

「早く行かないと、遅刻するわよ？」

正常運転の蘭は、ハイなわたしに冷静に声をかける。
「そうだね！　早く行かないと！」
遅刻なんて、ありえない。わたし、皆勤賞なんだよ？
３年間このまま行きたいと思ってるんだから！
遅刻は絶対に嫌だね！
「はいはい。行くよ」
呆れたように言う蘭、知ーらなぁい！
わたしは今、翼くんに会うことしか考えてないんだもん。
ちょーっとばかしの冷たい言動なんか気にしないよ。
「転んでも知らないから」
「大丈夫だって〜」
このあと、３分後に本当に転んでしまったのは……内緒ってことで。

＊＊＊＊＊

「今日はご機嫌だね、七瀬さん。なんかあるの？」
蘭と教室に入ると、颯太くんが声を掛けてきた。
機嫌がいい……って、やっぱり顔に出てる!?
「えへへー。まあ、いろいろとね！」
詳しくは言えないけど、さすがだね。
周りのことよく見てるんだから、尊敬尊敬。
わたしなんて自分のことで手いっぱいなのにね。
「さては……天野会長かな？」
ニコニコしてる颯太くん、す、鋭い……。
そこまでわかるなんて……サイコパスか？

「バレたか〜。そうだよ、会長だよ！」
　バレたなら別に隠す必要ないし。
　一応、翼くんが公言してくれているから、学校中ではもう全員に知られていると思うしね。
「そうなんだね。前は元気なかったから心配してたんだ。だから、七瀬さんが笑顔になってよかったよ」
　な、なんと……。
　そこまで見られていたとは。
　少し、ほんの少しドキッとする。
　観察力がすご過ぎます！
「ごめんね、心配かけちゃって！　でも、今は元気ひゃくぱーだよ！」
　ほらほら〜と、その場で動き回っていると颯太くんはクスッと笑って自分の席へ戻っていった。
　颯太くんなんて、クラス全体を見ながらも個人個人をちゃんと見てるんだから。
　これは……いずれ生徒会長か？
　なんてね。
「ちょっと音羽ちゃん、先生来てるよ！」
　後ろの乃々（のの）ちゃん、ナイス！
　危ない危ない。
　みんなの前で怒られるという最悪の事態にならずにすんだよ。
　席に着いて、先生の話をぼーっと聞いていたら……いつの間にか瞼（まぶた）を閉じていた――。

「……それで、怒られてこんな時間になったわけか」
　ただ今の時刻、１時20分。
　昼休み終了まで……残り10分。
「申し訳ございません！　これはもう、確実にわたしの落ち度です……。せっかく翼くんに会える貴重な時間だったのに……」
　場所は生徒会長室。
　浮かれてあのあと、４時間ぶっ通しで寝てしまったわたしは、当たり前のように青筋が浮かんでいる先生にしごかれ。
　こんな事態になってしまったのだ。
　……そこで、疑問に思ったみなさん！
　そう、蘭は起こしてくれなかったのか？
　あとで聞いたんだよ!?
「なんで起こしてくれなかったの!?」って。
　そしたらさ、蘭は「だって気持ち良さそうに寝てたんだもん」って悪気なく言うんだよ！
　まあね、蘭は全く悪くないよ？
　わたしが悪いんだよ？
　でもさ、こうなってしまうと話は違うよね！
「……さすが音羽。まあ、こうなるとは大体予想ついてたけど」
「え、呆れないでくださいよー！」
　わたしだって、反省……してるんだから！
　明日からは絶対に時間通りに来るから。

今日はたまたまだよっ!?

翼くんに呆れられたら、あとの３時間ほど、ショックで集中出来ないよ！

「いいよ、別に。明日からちゃんと来るなら」

「翼くん〜!!」

やっぱり翼くんだよ。

優しい、本当に。

こんな出来損ないのわたしを、広い心で受け止めてくれるんだから。

感謝しなきゃだよね。

「でもさ、俺、音羽のいない家がなんか違和感ありまくって寂しかったんだけど」

どうしてくれんの、と嬉しいことを言ってくれる翼くん。

「ええ、わたしだって今日……寝れなかったんですもん」

だから、学校で寝ちゃったんだよ？

そう思えば翼くんのせいでも……あるかな？

「なに、ほんとに寝れなかったの？」

びっくりしてるけど、ちょっとニヤついてるの、わたしにはわかりますよ！

わたしはこんなに怒られてしょげてるのに……自分が悪いんだけど、翼くんは楽しんでる！

「だって〜、翼くんがいないと落ち着かなくて」

寂しかったんだよ。

ママとパパも、帰って早々お仕事に行っちゃったし。

翼くんが恋しかったんだよ。

「……ふーん、俺のことで頭いっぱいじゃん」
　照れてるのか、ちょっと顔が赤くなってる翼くん。
「翼くんは、寝れたんですか？」
　聞いたあとで、後悔する。
　わたしと違って、翼くんはきっと快眠でしょうね！
　想像つくよ、うん。
「寝れるわけないじゃん、音羽のことずっと考えてたし」
「えぇえ！　ほんとですか!?」
　あの翼くんが！
　わたしがいないせいで寝れなかったですって!?
　それって大事件じゃ……!?
「……なに、めっちゃ嬉しそうじゃん」
　じとりと見てくる翼くんだけど。
　今や、もう愛しくて。
「翼くん、わたしのこと考えてくれてたんですね！」
　わたしだけこんなに悩んでるのかと思ってたから、めちゃめちゃ嬉しい！
　翼くんの愛が伝わったよ。
「当たり前じゃん。俺は、音羽しか見えてないし」
　ストレートに言ってくれるのにもきゅんとする。
「……えへへ。わたし、愛されてますね。なーんて」
　自分で言っときながら、なんか恥ずかしくなったよ。
「もっと自覚して」
　会長様は、嫉妬深いらしく。
「授業中も、音羽がほかの男子と喋ってんのかな、とか考え出したら嫉妬で狂いそうになるし」
「あ、それは心配ありません！　わたし、なんたって寝てたんですもん！」
　あはは〜と能天気に笑うわたしを他所に、まだまだ話し足りない様子の翼くん。
「俺、音羽が言うほど優しくないよ。……音羽のこと見てる男子、全員抹消したいとか思ってるやばいやつだから」
　ふいっと顔を逸らしてそんな告白をしてくれる翼くんは。
　わたしからしたら、全然わかってないよ？
「……翼くんは、わかってないです。わたしがどれだけ翼くんのこと好きだと思ってるんですか？　ほかの男の子なんて興味の“き”もないですからね？」
　翼くんは、心配性だから。
　言葉で足りないほどの愛を、伝えたい。
「音羽はさ、もっと自覚した方がいいと思うよ。自分がとてつもなく可愛いってこと」
「なななな……」
　翼くんってこんなに甘かったっけ!?
「つ、翼くん、わたしのこと見るのに美顔フィルターかかってません？」
　心底聞いてるのに。
「そういうとこだよ。世の男子がどれだけ音羽のこと可愛いって思ってるか……恐ろしいわ」
　ため息をつきながらも優しい手で頭を撫でてくれる翼く

ん。

……やっぱり翼くんは落ち着くなぁ。

好きだなって、直感的に思った。

「言っときますけど、翼くんだって油断禁物ですよ？　わたしなんかよりも可愛くて綺麗でスタイル抜群で色っぽい女の人がこの世に何億人といるんですからね！」

わたしだって心配なんだから。

翼くん、色っぽい女の人に弱そうだし。

……失礼か。

「は？　そんなの興味ないし。音羽よりいい女なんていないと心底思ってるから」

「……っ」

翼くんは、わたしをどれだけ甘やかしたら気が済むんでしょう？

もう、これ以上好きになったら後戻り出来ないほどに。

「……翼くんはわたしにとって世界一カッコよくて、優しくて、ちょっと意地悪で、甘くて。こんなわたしを愛してくれる、大好きな彼氏です」

こんなに好きにさせてどうするの？

責任とってよ？

……翼くん。

「音羽、俺、心臓痛いんだけど」

真顔でそんなことを言う翼くん。

「ええ!?　どうしたんですか、ま、まさか……病気!?」

こんなときに!?

　不整脈出ちゃったの？

「……この天然鈍感彼女。違う、音羽が好きすぎて心臓痛いんだよ」

　え……？

　そういうことだったの!?

「よ、よかったです!?　翼くんが死んじゃったらどうしようかって思ったんですよ!?」

　これから翼くんがいない人生なんて、考えられないし、考えたくもない。

　誰よりも大好きで、寄り添ってくれる翼くんがいなくなったら……、わたしも生きていけないよ？

「あり得ない。音羽を置いてどっか行くとか、一生ないから」

　翼くんの言葉に嘘はないと信じる。

　翼くんは、絶対に人を傷つけたくないって心に誓ってるはずだから。

「わたしも、翼くんがドン引きするくらいの愛が積もってるんですからね、責任とってくださいよ？」

　冗談のつもりで言ったのに。

「なら、一生かけて責任とってやる」

　と、覆（おお）いかぶさってきた。

「わわわ……、つ、翼くん？」

　どんどん近づいてくる翼くんの顔。

　恥ずかしくて愛おしくて、ぶわっと顔が赤くなっていく。

　翼くんが意地悪オオカミくんになっちゃったよ！

　スイッチ入ったみたいに目の色が変わる翼くんに、戸惑

いが隠せない。

「俺さ、音羽といると心臓壊れるんだけど」

そう言いながら翼くんは不意打ちで頬にキスをしてきた。

「……んっ！　わ、わたしだって毎日もつか心配ですよ！」

こういうときも、心臓が飛び出そうなくらい高鳴って。

周りがなにも見えなくなってしまう。

わたしには、翼くんしか見えてない。

「……そんな声出さないで。まじで、おかしくなるから」

いつもの余裕がなく、困った表情をしている翼くん。

「だ、ダメですよ？　ここは、学校です！」

頑張って正常を保って！

「……まあ、音羽の気持ちの問題もあるから。俺は、白王子になることにする」

バタッと力尽きたように生徒会長専用のソファに寝転がる翼くん。

そんな翼くんが大好きで。

「わ、わたしがいつまでも子供でごめんなさい……。まだ、気持ちに余裕がなくて」

２つも下ってだけで子供なのに、こういうときもキスだけで精いっぱいなんだよ。

自分が翼くんに我慢させてるのかな、って考えたら申し訳なくて。

「なに言ってんの。俺は、絶対に音羽を待つし。大事にしたいから」

　当たり前のようにそう言ってくれる翼くんは、やっぱりわたしの王子様で。
「えへへ！　翼くん愛してます！」
　ガバッと抱きつきに行く。
　そしたら「もう、ほんと仕方ない」と、ため息をつきながらも、ぎゅっと強く抱きしめてくれた。
「翼くんが、なんか久しぶりですね」
　意味不明なこと言ってるけど。
　こうやって抱きつけるのも、翼くんがこんなにすぐそばにいるからで。
　それが、どうしようもなく幸せで。
「音羽って、ほんと天然だわ」
　あっ……！
　それ、最近言われなくなったと思ってたのに！
　天然じゃなくなったって、密(ひそ)かに思ってたのに！
「でも、そこがまた可愛くて愛しいんだけど」
　翼くんは、どこまでも甘くて。
　もう、甘さに溺れちゃうよ……？
「翼くん、わたしのこと最近一段と甘やかしてきますよね？　そんなんじゃ、わたしもおかしくなりますよ？」
　翼くんって、最初に会ったとき、こんな感じじゃなかったよね。
　今みたいに甘々じゃなくて、超クールだったもん。
　人って、簡単に変われるんだね。
「俺がこんなに変われたのは、確実に音羽のおかげだから。

音羽がいたから今、こんなに幸せなんだよ」
「翼くん……」
　出会ったときは、こんなになるとは全く思わなかったよね。
　最初は、同居なんてあり得ないっ！って言ってたのにさ。
　たった数時間、数分会えないだけで、こんなにも寂しくなって、好きが増して。
　これは、運命かな……？
　運命なんて！って思っていたわたしが、そんなことを思うようになるんだから。
　いつか、必ず愛される幸せはやってくる。
「翼くん、わたし翼くんに出会えてホントにホントによかったです……！」
　出会ってまだ、半年だけどね。
　これからも一緒にいてくれるよね……？
「俺も。今では音羽が大事すぎて、こんなに大切な人に出会えるなんて、今まで想像出来なかったから」
　ありがとう、と改めてお礼を言ってくれる翼くん。
「こちらこそですよ……！」
　わたしだって、翼くんに感謝だよ？
　してもらったこと、いっぱいあるんだから。
「……ん。それじゃあ、そろそろ時間だから一緒に教室に戻るか？」
「わっ……。もうそんな時間！　それなら、戻りましょうか！」

　かすめるように短い間、もう一度キスをしたあと。
　クラスは違うけどね、と苦笑し合うわたしたちは、ずっとずっと永遠に——。

翼くんの、卒業。

「音！　早くしないと遅れちゃう！　急いで！」
　蘭の声に「急いでるから、ちょっと待って～！」と、慌てて返事をする。
　今日は、華の卒業式。
　……って言っても、わたしじゃなくて翼くんたち、２個先輩の方たちの、だけどね。
「もう、音。間に合わなかったら一生、恨むからね？」
　蘭ったら怖い！
　朔斗先輩、愛されてますね！
　でもね、蘭、今日朔斗先輩に告白するんだって。
　だから、なにがなんでも間に合って、卒業する晴れ姿を見届けなければならないのだ！
　なのに、そんな日に限って寝坊しちゃうわたし。
　そりゃ、蘭も怒るよね！
「準備完了！　よし、行こう！」
　あれから時が過ぎても、わたしたちは変わらない。
　相変わらず翼くんのことは愛してるし、昨日も翼くん家(ち)に遊びに行ったばかりだもん！
「あーあ、朔斗先輩も卒業かぁ」
　ため息混じりにそう呟く蘭に「……寂しいね」と、返す。
　わたしたちが１年間こんなに楽しく学校生活が送れたのは翼くんたちのおかげって言っても過言じゃないからね。

「ああ……、翼くんがいない学校とか耐えられないよ〜」
　考えただけで寂しい、寂しすぎる！
　……でもね、昨日、翼くんと泣かないって約束したんだ。
　これは、別れじゃないからって。
　悲しいことじゃなくて、嬉しいことなんだからって。
「音、わたしの方がよっぽどナーバスなんだけど」
　……確かに。
　これから告白だなんて考えたら、吐きそうだよね。
　わたしも告白した身だから、わかるよ！
「ごめんね、わたしは応援してるから！」
　多分、そのときは一緒にいてあげることは出来ないけど。
　その分、今ここで念を伝える。
「……ありがと。頑張る」
　蘭が人を好きになって、こんなに勇気を出そうとしてる。
　幼なじみのわたしからしたら、とても感慨深くて、そんな蘭に想われてる朔斗先輩は幸せだなって思った。
「よーし、気を取り直して行くよ！」
　そろそろホントに時間がやばいから。急げ！
「音はマイペースね、ホントに」
　ずっと変わらないって。
　そんなことないからね!?
　わたし、多分だけど成長してるからね、蘭!?

　＊＊＊＊＊
「……答辞。生徒会長、天野翼」

「はい」

　教壇に静かに登っていく翼くんの姿。

　遠目からでもわかる、愛しい人。

「……冬の厳しい寒さも和(やわ)らぎ、春を感じられる季節になりました。本日は、僕たち卒業生のためにこのような素晴らしい式典を挙行(きょこう)して頂き、誠に嬉しく思います。卒業生を代表して、心よりお礼申し上げます」

　初めは、生徒会長らしく感謝の意を伝えた。

「振り返れば３年前の４月……」

　そこからは、わたしと出会う前の出来事で。

　翼くんが、なにをしてたくさんの人たちと触れ合ったのかが綴(つづ)られていた。

「……そして、私事(わたくしごと)で大変申し訳ないのですが、卒業する仲間たち、在校生のみなさんにどうしても伝えたいことがあります」

　そこで翼くんは答辞の紙を置き、スっと深く息を吸った。

「僕は、中学生の頃から自分の過ちにずっとずっと後悔していました。それは、今でも消えることのない、深く重い傷です」

　真剣な顔をして、しっかりと前を見据えて話し出す翼くん。

　その姿は誰よりも凛々(りり)しくて。

「……ですがある日、不思議な人に出会ったんです。明るくて、前向きで、少し……天然で。その人といると、空気が綺麗になったような、そんな気持ちになるんです」

それは……、わたしのことだと思っていいのかな？
翼くんにとって、わたしはそんなに大それた人間なのかな？
「いつしか後悔ばかりしていた僕のことを受け止めてくれて。……こんな僕を、愛してくれたんです」
……ねえ、翼くん。
翼くんは、なんでそんなに嬉しいサプライズをしてくれるのかな……っ？
聞いてないよ……。
「皆さんも後悔していること、やり残していること、それぞれあると思います。ですが、それは後悔しているだけじゃダメで。……辛くても、前を向かなくちゃいけないんです」
そう言う翼くんも前を見つめていて。
「それが、今まで支えてくださった方々への感謝を伝える方法でもあり、これから出会う未来の道へ進む一歩となるはずだから」
翼くんの答辞に、みんなが惹(ひ)き込まれているのが会場全体の空気でわかる。
翼くん、さすがカリスマ生徒会長なんだ。
「僕は、その人のおかげで前を向けました。皆さんも、きっとそんな人に出会えるはずです。だから、何事にも諦観(ていかん)せず、明日の未来に向かって羽ばたいてほしいんです」
遠すぎて、そんなはずがないのに、翼くんと目が合ったような気がして。
「……それが、今日限りのこの学園の生徒会長の、願いです」

　翼くんは、やっぱり人を魅了する天才で。
　生徒会長に、ふさわしい人だった。
「……卒業生代表、天野翼」
　長い長い、だけどあっという間の答辞が終わった。
　会場は、割れんばかりの拍手が翼くんに降り注いでいて。
　こんなにステキな人が彼氏だなんて信じられないほど、胸がいっぱいだった。
　横に座っている蘭も涙ぐんでいて。
　わたしも泣かないって約束したのに、泣きそうになった。
「音……。天野会長、やっぱりステキだね」
　いい人に出会ったね、って。
　蘭の優しい言葉に、「……うん」と頷いた。
「あ……、もう行っちゃうから、外で待っとこう」
　外で迎えるか、中で羽ばたくのを見守るのかは自由だから。
　わたしたちは外で迎えることにした。
「翼くん、どこだろう……？」
　外に出てきょろきょろするも、見つからない。
　……って、あ！
「音羽ちゃんよね？　お久しぶりね」
　なんと、翼くんのお母様と偶然会ったんだ。
「はい！　お久しぶりです！」
　すごくお綺麗なもので。
　すぐにわかってしまったよ！
「半年間、翼と同居してくれて本当にありがとう。翼が変われたのは、音羽ちゃんのおかげなんだから」
　答辞でも読んでたしね、とウインクする翼くんのお母様。
「そんな……。感謝しなきゃいけないのは、わたしの方です！」
　わたしだって、感謝をいっぱい伝えたい。
「ううん。わたしはね、ホントに感謝してるのよ。こんなステキな子に出会えた翼は幸せ者ね」
　ほ、褒めすぎです。
　そんなにわたし、大それた人間じゃないのに……。
「それだけよ、言いたかったのは。……あ、ほら。翼、出てきたわよ！　行ってらっしゃい！」
　お母様だって翼くんと話したいはずなのに。
　わたしに譲ってくれる優しさは、やっぱり翼くんの家族だなって実感した。
「……ありがとうございます！」

　翼くんのお母様と別れて、翼くんのもとへ走り出す。
　……翼くん、翼くん！
　わたしだって、いっぱい伝えたいことがあるんだよ？
　まだまだ言い足りないこと、いっぱいあるんだから。
「翼くんっ！」
　はぁはぁと、息を切らして翼くんの元へ駆け寄る。
　すると、翼くんはすぐに気づいて「音羽」と名前を呼んでくれた。
「俺らの、特等席に行くか」

　ニヤッと笑う翼くんに。
　「はい！」と、返事をして向かうことにした。
「翼くん、答辞すごくよかったです」
　わたしたちの特等席……生徒会長室に着いて、それを一番に伝えたかった。
「……ん。あれ、わかってると思うけど、音羽のことだから」
　おいで、と手を広げてくれる翼くんにダイブする。
「わたし……、翼くんの答辞を聞いて、思ったんです。やっぱり、翼くんに出会えてよかったって」
　もう、何十回と言ってるけどね。
　言い足りないくらいの気持ちなんだよ。
「……うん」
　優しく耳を傾けてくれる翼くんに、もっともっと感謝と愛を伝えたくて。
「こんなにも幸せで、わたしは翼くんがいないとダメになって」
　寂しさをわかってしまったから。
「それでも、どんどん大切になっていって。今、隣にいるのが……っ、翼くんで、ホントによかったですっ……」
　喋ってたらなんでか涙が溢れてきて。
　泣きたくなかったのに、泣かないって言ったのに。
「……音羽、泣かないって約束したじゃん」
　そう言いながらも、指でわたしの涙を拭ってくれるんだから。
　そういうところに、またひとつ好きが増えるんだよ。

「ありがとう、音羽。俺、一生かけて音羽を守るから」
「ま、守られなくても大丈夫なように、努力します……」
　いつまでも迷惑かけられないからね。
　翼くんには名前の通り、羽ばたいてほしいから。
「いいよ、俺が守りたいだけだから」
　なのに、そんな言葉をかけてくれる。
「……後輩に、唆されてそっち行っちゃわないでよ」
　翼くん、ここに来ても心配性が発動。
「大丈夫です！　翼くんこそ、大人の女の人に唆されないでくださいね？」
　わたしだって不安が尽きないんだから。
　ずっとわたしの彼氏でいてほしいもん。
　離れるなんて、絶対に許さないからね？
「わかってるって。でも、なんかあったらすぐに言うこと。どこにいても秒で駆けつけるから」
　そんなふうに言ってくれる彼氏を持って、わたしは、確実に世界一の幸せ者だ！
「はい！　心に刻んどきます！」
　めちゃめちゃ心強いです、翼くん。
　……て、あっ！
「翼くん、そういえば大学どこに行くんですか？」
　わたしとしたことが聞くの今の今まで抜けてた！
　うちの大学部じゃないってことはわかってるんだけど。
　わたし、こんなんで大丈夫かな……？
　先が思いやられる……。

「あれ、言ってなかったっけ？　県外」
　何事もないように平然と言う翼くん。
「け、県外っ!?」
　嘘、嘘でしょ!?
　嫌だよ、そんなのダメだよ……っ！
　なんで言ってくれなかったの？
「……って言っても、ここから１時間もかからないから。心配ご無用」
　あ、そうなの!?
　でも、よくよく考えたら、ここ県の端っこだもんね。
　県外でも、１時間かからないって言われても納得出来る。
「音羽と距離が遠くなるのはなるべく避けたかったから。医学部があって、ここから一番近いところがそこだった」
　医学部、かぁ。
　そういえば翼くんのお父さん、お医者さんだったよね。
　お父さんの病院を継ぐのかな。
　カッコいいな。
　わたしも、進路のこと考えないとね。
「音羽は、将来なにになりたいとか決まってるの？」
　まだ考える期間はあるけど、と続ける翼くんに、こう答える。
「わたしは、パパとママの会社を継ぐのが夢です！」
　小さい頃から触れてきたこの環境で育ったからこそ、この仕事に関わりたいんだ。
「あ、でも頼まれてないですよ？　というか、自分のしたいことしろって、パパたちは毎日のように言ってるんで」
　パパとママは、わたしの気持ちもちゃんと尊重してくれてるんだ。
　そこは、勘違いしてほしくないからね！
「そっか……。いい夢だな」
　笑顔で語るわたしに、翼くんは微笑んでくれた。
「あと、翼くんにふさわしい人になりたいですから！」
　曲がりなりにも、こんなにステキな人の彼女なんだもん。
　堂々と出来るくらいの人になりたいんだ。
「そんなの、もう充分だから。俺の方が、努力しなきゃいけないのに」
　そして「こんなにステキな女、音羽しかいない」って。
　なにを！
　翼くんったら、自分の魅力を一切わかってないのね！
　謙虚なところも翼くんの魅力のひとつ！
「でも、翼くんがもう会長じゃなくなるなんて……、考えられないです」
　この生徒会長室も、今日で翼くんの部屋じゃなくなるわけで。
　ここに来ることも、翼くんとここで過ごすことも、もうないんだって思ったら。
　……悲しい、かも。
「そうだな……。俺だって実感わいてないし。卒業したら、音羽に会う時間が短くなるし……。この先が不安」
　会長様のくせに。

　弱気になっちゃって！

「翼くん！　翼くんはこの学園の生徒会長なんですから、もっと自信もっていいんですよ？　みんなが認めてるんですから」

　まっすぐ見つめてそう伝える。

　翼くんは、自分を低く見すぎだよ？

　わたしからしたら超ビッグな人なんだから！

「……ん、音羽に言われたらなんか元気出た」

　そう言ってふわっと笑う翼くんに、わたしも自然と笑顔が浮かぶ。

「……よかったですっ！」

　わたしなんかが出来ることなら、なんでもするつもりだから。

　翼くんのためなら、なんだって出来る気がするんだ。

「……ああ、卒業か」

　しんみり窓を見つめる翼くん。

　翼くんは、この学園で３年間を過ごしてきたわけで。

　わたしなんかよりもずっとずっと思うことがたくさんあるんだろう。

　本当はとても寂しくて、怖くて、不安だらけなんだろうな。

　そう思ったら、翼くんを支えてあげたくて。

　背中を押してあげたくて。

「翼くんなら、大丈夫ですよ」

　無力だから今は言葉でしか伝えられなくて、なにも出来ないけど。

　ちょっとの支えが、必要だと思うから。

「ん。音羽が言うなら本当に大丈夫だろうな」

　翼くんは、わたしのこと、信用しすぎ。

　でも、それがまた嬉しいんだけどね！

「はい！　わたしの予感は当たるんですから!?」

　結構ね、勘はいい方だと自分で思ってるから！

　安心して、翼くん！

「うん、信じとく」

　えーと。

　責任は問わないよ？

　……なーんてね。

「今日も、翼くんにまた惚れちゃいましたよー」

　やっぱりね、わたし的にはあの答辞が忘れられないものになったんだ。

　一生の思い出だよ。

　ありがとね、翼くん。

「……もっともっと俺に溺れて」

　それなのに、欲張りだね翼くん。

　これ以上、なんて。

　翼くんだって、わたしに溺れてね？

「もう、逃げられませんよ……？」

　わたしの愛は重いんだから！

　覚悟しとかないと、後悔するよ？

「逃げないよ、絶対」

翼くんは、わたしのヒーローでもあるからね。

その言葉に嘘はないよね？

「……それじゃあ、そろそろ戻りましょうか！」

翼くんは、卒業生なんだから。

いろいろと行事があるでしょ？

写真撮影とか、打ち上げとか。

寂しいけど、翼くんはわたしだけのものじゃないからね。

「ん。まず、アイツらのとこ行くから一緒に行こ」

「アイツら……とは？」

「生徒会メンバー」

生徒会メンバーといえば、須藤先輩に遊佐先輩、それに最近仲良くしてもらってる会計の麻葉先輩たちだね！

わたしも、お祝いを言いたかったから、ちょうどいいや！

「はい、ぜひ！」

来るのが最後になるであろう生徒会長室を出て、校庭に向かう。

「……音羽を３年ばっかのところへ行かすの嫌なんだよな」

向かってる途中なのに。

翼くんは、なにをおっしゃっているのだ！

「なんでですか？」

どういう意味なんだろうか？

まさか……、わたしという彼女がいながら３年のお姉さま方に手を出して……っ!?

「音羽が絡まれないか心配」

はい、わたしは汚れてました。

めちゃくちゃ謝るよ、ごめんなさい、翼くん。
「大丈夫です！　わたしなんかに誰も興味ありませんから」
卒業式なんだよ？
みんな、自分たちのことに話の花を咲かせてるでしょうに。
わたしに絡む意味なんかひとつもないもん。
「だから……、……もういいや。俺のそばにいといて、絶対に」
説明するのを諦めたのか。
翼くんは、ため息をついてそう言った。
そんなお願い、嬉しすぎませんか!?
わたしがずっとそばにいてもいいの？
「よ、喜んで」
そんな会話をしていたら。
「わあ、音羽ちゃーん！　今日も抜群に可愛いよ！」
噂の主、須藤先輩のご登場！
「須藤先輩、ご卒業おめでとうございます！」
一番言いたかったのがこれだからね。
前に出て、お祝いを述べる。
「いや～ありがとう！　そのうち、ほかのメンバーも来ると思……」
須藤先輩がニコニコ顔でそう言った瞬間。
「音羽ちゃんだー！　やだ、もう今日も天使のよう！」
ぎゅぅと抱きしめてきたのは遊佐先輩。
と、静かに見守ってる麻葉先輩。

「遊佐先輩、麻葉先輩、ご卒業おめでとうございます！」
　これで生徒会のみなさん、揃ったね！
「ありがとうね！　音羽ちゃん」
「音羽ちゃん、ありがとう」
　う～ん、麻葉先輩、気づいたら第２ボタンどころか全部のボタンないじゃないですか！
　モテ男、恐るべし……！
「あ、わたし写真撮りますよ！　みなさん、並んでください！」
　寄って寄ってと、みなさんに言うものの。
「え～、音羽ちゃんも入りなよ」
　と、須藤先輩が不満げなお顔。
「なんでですか！　わたしは、生徒会じゃないんですから大丈夫ですよ！」
　翼くんたちが積み上げてきたものにわたしが入ったらなんかおかしいじゃん。
　そこは、水入らずでササッと撮っちゃおうよ！
「そう～？　ならいいけど……」
　まだまだ不満がありそうな須藤先輩を、遊佐先輩に任せて写真を撮る準備！
　撮るまでの間だって微笑ましいほどに和気あいあいと話していて。
「はい、チーズ！」
　出来上がった写真は、わたしが憧れる先輩たちの素晴らしき思い出の１枚だった。

「ありがとね、音羽ちゃん。良かったら、このあとの生徒会の打ち上げも来ない？」
　蘭ちゃんと一緒に、と誘ってくれる遊佐先輩には申し訳ないけど。
「いえ！　みなさんだけで楽しんできてください！」
　蘭も、今、大事な時間を過ごしてると思うし。
　先輩たちだけの方が積もる話もあると思うしね！
「そっか〜。また会おうね、音羽ちゃん」
　遊佐先輩は、わたしの一番の憧れの先輩。
　わたしも、遊佐先輩のような優しくて頼りになる先輩になれたらいいな！
「はい！　それじゃあ須藤先輩、遊佐先輩、麻葉先輩、そして翼くん、さようなら！」
　本当の意味のさよならじゃないよ。
　前を向く、さよなら。
　――わたしたちが、またこうやって会うのは。
　きっと、そう遠くない未来。

もうひとつの、物語。～side蘭～

親友の音に、背中を押されてこれから向かう先。
それは……。
「蘭ちゃん？」
……大好きな、先輩のもと。
わたし、宇城蘭は、今までまともな恋愛のひとつもしたことがなかった。
小さい頃からずっと蝶よ花よと育てられてきて。
音がいなかったら、これまでの人生、すごくつまらなかったと思う。
「蘭は、もっと自由にしていいのよ？」
自己主張があまりなく、言われるがままのわたしを心配してお母さんがそう言ってくるほど。
正直、流されてる方が楽だし。
そんな風に考えてるわたしに、いつも音は「蘭は、もっと自分を出しなよ！」と、言ってきた。
……けど、そのまま変われず過ごし、高校生になった。
音の、今の彼氏さんである天野会長の親友として、朔斗先輩に出会った。
朔斗先輩は、噂どおりのプレイボーイで。
初めの方は、正直関わりたくなかった存在。
でも、ちょくちょく会っているうちに、本当は根は真面目で心の温かい人だってわかった。

「蘭ちゃんってさ、実は寂しがり屋でしょ？」
「大丈夫、蘭ちゃんならそんなの吹き飛ばせるよ」
　朔斗先輩は、すぐにわたしの悩みに気づいて。
　的確なアドバイスをくれて。
　寄り添ってくれた。
「……朔斗先輩は、なんで来る者拒(こば)まず去るもの追わず、なんですか？」
　だから、わたしも先輩に寄り添いたくて。
「……その方が、誰も一番傷つかないかなって、思ったからだよ」
　尋ねた質問には、予想外の言葉が返ってきて。
　やっぱり、朔斗先輩は人一倍優しいから。
　だから、そういうスタイルなんだなって思った。
「そうですか……」
　別に、それがダメだなんてわたしは言わない。
　説教みたいなことなんて、先輩は散々言われてると思うから。
　少しでも、ほかの人と違う存在でいたかった。
「……蘭ちゃんは、俺の一番の理解者かも」
　そう言ってくれたこともあって。
　わたしに心を開いてくれてるのかなって考えると、とても嬉しかった。
「わたしの一番の理解者も、朔斗先輩です」
　そう言ったら、儚(はかな)げな笑みを浮かべる朔斗先輩のこと、いつからか好きになっていて。

でも、告白なんかして、この関係を壊しちゃうのが怖くて。

朔斗先輩は、そんなの求めてないとわかるから。

……勇気が出ずに、今日を迎えた。

もう、今日を逃してしまったら朔斗先輩に会えない。

そんなの、我慢出来なくて。

朔斗先輩との日々を失いたくなくて。

「蘭ちゃん？　どうしたの、そんなに息切らして」

今、目の前に朔斗先輩がいるだけで胸が高鳴って。

ドキドキして。

こんな気持ちになったのは初めてだから、どうしていいのかもわからなくて。

「朔斗先輩。話が、あります」

速くなる鼓動を無視して、勇気を出して朔斗先輩に、そう言葉を発した。

「……うん、わかった」

真剣な表情のわたしになにかを察したのか、朔斗先輩は、人の少ないところへ連れて行ってくれる。

こういうスマートなところも好きなんだなぁ。

もう会えなくなるかもしれない相手に、また好きが溢れそうになる。

「……で、どうしたの？」

裏庭の方に入って、周りに誰もいなくなったところで朔斗先輩は、振り向いてそう尋ねてきた。

「……朔斗先輩は、わたしのことをどう思ってたのかはわかりません。でも……、わたしは、ずっとずっと好きでした！」

……やっと、言えた。

伝えたくて仕方なかったけど、ずっと堪えていた想い。

「朔斗先輩は、こんなの望んでないってことわかってます……。でも、やっぱり先輩にこのまま会えなくなるのは嫌で、どうしても伝えたくて……」

ダメだ……。

顔をあげられない。

朔斗先輩が、今、どんな表情をしてるのか見定めないと後悔するのに、でも怖くて……。

「……蘭ちゃん。顔、あげて」

優しい大好きな声に、顔をあげる。

朔斗先輩は、いつものように優しい目をしていて。

それに困ったような嬉しいような色も、混じっていた。

「それ……、俺から言おうと思ってたのに」

「……え？」

俺から……って。

それって……。

「俺だって、蘭ちゃんのこと、大好きだよ。ほんとに、ほんと」

絶対に期待してなかった分、そんな言葉が聞けるなんて思ってもみなくて。

「……っ」

柄(がら)にもなく涙が溢れ出てきて。

止め方がわからなくて。

そんなわたしを、朔斗先輩は優しく包み込んでくれた。

「俺もさ、こんなに大事な人が出来るなんて思ってなかったんだよ？　なのに、いきなり蘭ちゃんが現れて俺の気持ちを全部持ってくんだもん。……参ったよ」

朔斗先輩の声がどうしようもなく落ち着いて。

「わたしだって……。恋したことなかったから、初めての感情ばっかりで」

告白なんて、怖すぎて。

喉から心臓が出そうなくらい緊張したし。

「俺から言いたかったな……。ごめんね、怖かったよね」

どこまでも優しい朔斗先輩に「いえ……」と答える。

「俺さ、女の子たちの連絡先、全部消したよ」

さらっと告白した朔斗先輩に、目を開かずにはいられない。

「え……」

まさか、そこまでしてくれるとは思わなくて。

真剣だという気持ちが充分に伝わってきた。

「ほかの子といても、蘭ちゃんのことばっかり考えちゃって。ぼーっとしてた俺に一発、女の子がちょっとね」

あはは、と笑ってる先輩だけど。

「だ、大丈夫ですか!?」

女の子でも、痛いはずだよ!?

確かに、朔斗先輩の左頬が赤いような……。

「ううん、心配してもらえるような傷じゃないから。……

でも、それが効いたんだ。俺は、好きな子が出来たのになにをやってるんだろうって」
　朔斗先輩……。
「ずっとこのままの状態だったら、必ずいつか後悔するはずだからね。だからね、蘭ちゃん。俺からも言わせて」
　そう言って、一度、目を合わせた。
「こんな俺を好きになってくれてありがとう。……俺も、蘭ちゃんのこと好きです。付き合ってくれますか？」
　そんなの……、答えは決まってる。
「はい……！　わたしなんかでよければ！」
　そうありったけの笑顔で答えると、朔斗先輩はもう一度強く、包み込んでくれた。
「……今、俺が世界で一番の幸せ者な気がする」
「ええ、わたしの方こそですよ？　先輩」
　わたしがそう言うと、「ありがと」と微笑む朔斗先輩。
「いや〜、でも翼には参ったな。今日、告白しようって背中を押されたのは翼の答辞だったしね」
　やっぱり、親友の目から見ても天野会長の答辞は素敵なものだったんだ。
　あのとき、わたしのことを考えてくれたとか……、めちゃくちゃ嬉しいです、先輩。
「わたしも、音に背中を押してもらったんです」
　親友って、本当に尊いもの。
　簡単には出来なくて、それでもって一生ものだから。
「そうなんだ。さすが音羽ちゃんだね」

　わたしたちにとって音は運命の矢。
　音が、わたしたちを引き合わせてくれたんだ。
「はい、わたしの自慢の親友なので！」
　普段は照れくさいし、こんなこと言ったら音、すぐ調子にのるから言わないけどね。
　すんごくすんごく感謝してるから。
　いつも、わたしのことを一番に考えてくれる、優しくてお人好しの親友なんだから。
「蘭ちゃんも、素直になったね」
　成長したねぇと、どこか家族のような目線の朔斗先輩。
「それは……、紛れもなく朔斗先輩のおかげです」
　朔斗先輩に出会ってなかったら、ずっと自分の殻に閉じこもったままだったかもしれない。
　そう思ったら、こうやって素直に話せるようになったのも、朔斗先輩のおかげだ。
「ええ、俺、なにもしてないよ？」
「……それなら、無自覚に人を変えてるんですよ、先輩は。やっぱり、すごいですよ」
「そうかな？　ありがとね、そうやって言ってくれて」
　わたしたちはどこか似ていて。
　全然違う道を歩いているのに、お互いがいないと不安で、落ち着かない。
「俺だって、蘭ちゃんにいろいろ変えてもらったよ。こんなどうしようもなかった俺が、大切な人を見つけて、その人と幸せになろうとしてるんだから」

　未来ってわからないものだね、と続ける朔斗先輩に、頷く。
「……はい、本当にその通りです」
　きっとわたしたちの出会いは、偶然なんかじゃなくて必然で。
　出会う未来はそう遠くなかった。
「あーあ、せっかく蘭ちゃんと想いが通じあえたっていうのに、卒業しちゃうのか、俺」
　制服デートとか出来なくてごめんね、と謝ってくる先輩が可愛くて。
「そんなの、全然いいですよ。その代わり、これからたくさん一緒に出かけてくれますか？」
　わたしは、朔斗先輩とどこかに行けること自体がとんでもなく嬉しいことだから。
　そんなの、気にしなくても大丈夫ですよ？
　そう思って言ったら。
「そんな可愛いお願い、当たり前。予定が会う限り、いつでも会いに行くよ」
　すぐさまそう言ってくれる朔斗先輩が愛しくて。
「可愛いなんて言うの、……朔斗先輩だけです」
　わたしなんて、音羽がずっとそばにいるから。
　本当の可愛い、を知ってる。
　その分、可愛げがないって思ってたから……大好きな人にそう言ってもらえて嬉しい。
「え、嘘。俺にはこんなにも可愛く見えるのに」

きょとんとした表情でわたしをこんなにもドキドキさせるんだから。

……朔斗先輩は、困った人だな。

「まあね、蘭ちゃんの魅力をわかっていないやつなんか、どうでもいいでしょ？　俺のこと、見ててね？」

さすがに女の子扱いが慣れまくってるせいか、照れもせずにそんなこと言えるんだから。

「ずるいです……」

どんどんわがままになっていく気がする。

「え、なにが？」

コテンと首を傾ける朔斗先輩の仕草に、いちいちきゅんとしてしまう。

「わたしばっかり……余裕ないみたいで。でも、仕方ないですよね。そんな朔斗先輩を好きになったのはわたしですし」

ああ、重いよね。

絶対、引かれちゃうよね。

こんなこと言わなきゃ良かったかも……と、後悔していると。

「なーに言ってるの。俺だって、平静を装うのに必死なのに」

「え……」

朔斗先輩の予想外の言葉に驚きが隠せない。

女慣れしている先輩が……必死？

「好きな人……蘭ちゃんにはね、カッコいいって思われたいっていう男の欲があるからさ。でも、案外余裕ないんだよ、俺」
　わたし、まだまだ朔斗先輩のことわかってなかった。
　わかってるつもりだったけど、違った。
「すみません……、よく知りもせずに勝手なわがまま言って……」
「どこがわがままなの？　そんなわがままだったら、いくらでも言ってよ」
　蘭ちゃんはね、謙虚（けんきょ）すぎんの、と続ける朔斗先輩。
　そして、いきなりこんなことを言い出した。
「あのね、カップルが別れる原因のひとつに愛情表現不足ってあるの、知ってる？」
　専門家のように語り出した朔斗先輩。
　愛情表現不足……？
　だいたいは、想像つくけど……。
「詳しくは、あまり……」
　そう答えると、朔斗先輩は頷いて。
「愛情表現が不足したら不安になって依存したりしちゃうみたい。それは……、翼の元カノもね、そうだった」
「……」
　天野会長に、そんな過去があったなんて知らなかった。
　いつもみんなのことをよく見て適切に動ける会長様の裏にはそんな顔があったんだ。
　でも、それを聞いて今日の答辞を思い出す。
　天野会長の後悔って……それなのかもしれないな。
「それで苦しんでた翼をずっと横で見てたからさ。二の舞にはなったらダメなんだよ。だから、蘭ちゃんには愛情表現はちゃんとするって決めてるからね」

蘭ちゃん失ったら……怖すぎだもん、と言って苦笑いする朔斗先輩に。

「そうなんですね……。わたしも、朔斗先輩を失わないように一生懸命愛を伝えますね？」

自分で言ってて恥ずかしいけれど。

あとの失った悲しみを考えればなんでもない。

「うん、ありがと」

嬉しそうに微笑む朔斗先輩の笑顔をもっと見れるなら。

好きっていっぱい伝えようと思った。

「……っていうか、そろそろその先輩呼びやめない？」

今更になるけど、と朔斗先輩。

「え……、じゃあなんて呼べば？」

音羽みたいに、朔斗くん……とか？

うっ……。

て、照れるよ。

「うーん。朔斗って呼び捨ては？」

「えええ！　少し難易度高くない……ですか？」

先輩だけに。

ちょっと呼びにくいし……、なんたって恥ずかしい。

「え〜、じゃあ朔斗くんはどう？」

た、確かにそっちの方が呼びやすいけど……。

「さ、朔斗……くん？」

呼んでみて、一気に恥ずかしさが増す。

　恥ずかしいよっ……。
「え、可愛い。無理。心臓もたない」
　わたしの方が照れるはずなのに、朔斗先輩まで顔が赤くなって。
　どちらとも照れてしまって、不思議な空気になってしまった。
「わ、私だけなんて嫌です。朔斗、くんも蘭って呼んでください」
　わたし、恥ずかしいけど勇気出したんですよ？
　そういう目で訴えかけると「仕方ない」と、了解してくれた様子。
「蘭」
　ぼそっと呟いたわりに、破壊力が思ったよりすごくて。
　一瞬にして顔が熱くなった。
「うわっ……、なにこれ照れる」
　わたしの気持ちがわかったのか、頭を抱えている朔斗くん。
「ですよね。でも、こんなに照れちゃうのも、今のうちですよね」
　多分、何日かしたらもう慣れてるんだろうけど。
　そう思ったら初心を大事にしないと、と思った。
「蘭……、冷静だね」
　さすが、と褒めてるのかよくわからない朔斗くん。
「音によく言われます」
　そう言うと。

「やっぱり。蘭は、冷静だけどちょっとツンデレだよね」
　と、朔斗くんはニヤッと笑った。
「え、どこがですか？」
　自分では全くわからない。
　どこがツンデレと思われてるんだろ……？
「俺だけが知ってればいいから。……ね、蘭？」
　最初、わたしたちはこうなることを全く予想だにしてなくて。
　こんなに愛すべき人に出会えるなんて知らなくて。
　でも、朔斗くん、あなたに出会えたからわたしは変われたよ。
「はい……！」
　──これが、もうひとつの物語。

番外編

ハプニング発生!?

「音羽ー！　ちょっとちょっと、早くこっち！」
「待って！　まだ終わってないよ、姫(ひめ)ちゃん～」
　わたし、七瀬音羽は高３になり。
「この書類終わらないと帰れないんだからね？」
　実は……桜ヶ丘学園高等部の副生徒会長を、やってたりする。
「姫、七瀬さんをそんなに焦らせないで」
　そして、生徒会長は１年生のときの学級委員の颯太くん！
　颯太くん、さすが未来の翼くんだけあるよね。
「むぅ……。颯太はね、音羽のこと甘やかしすぎなの！　そりゃあ、音羽を焦らせたら、もっと追いつかなくなるけどね」
　頬をふくらませてそう言う姫ちゃんだけど。
　……姫ちゃん。
　地味～に、わたしのこと貶してませんか!?
「ひーめ。そんなこと言って、ほんとは七瀬さんのこと大好きなくせに」
　ニコニコと微笑みながら颯太くんは、姫ちゃんの頭を撫でる。
「ふ、ふーんだ！」
　ぷいっとあちらの方向を向いてしまった彼女を、颯太くんは愛しそうに見つめていて。
実は姫ちゃんこと、藤木姫ちゃんは生徒会の書記であり、颯太くんの彼女さんだ。
颯太くんは、ツンデレな姫ちゃんを溺愛していて、ときどきね、こうやって姫ちゃんに愛情表現するんだけど。
……こ、こっちが照れちゃうくらいなんだから、困ったものだよ。
「颯太、お前イチャコラしてるんじゃなくて早く仕事しろよ？」
そう言って奥から出てきたのは会計の梓くん。
学年トップクラスのイケメンさんで、すんごい毒舌なんだけれど、なんだかんだ言いながら友達思いの優しい人なんだ。
「はいはい。……姫たちも、仕事に戻ろうか」
キリッと生徒会長の顔をする颯太くんに、「はーい！」と元気よく返事をして持ち場に戻る。
「……っていうか、おい七瀬。お前、今日も靴箱に“あれ”入ってたんだろ？」
「あ、梓くん……！　それは、シークレットだから大きい声では言わないでほしいな……」
「は？　お前まさかまだ天野さんに言ってないのかよ」
眉間にシワを寄せて梓くんは言うけど。
だって……、大好きな翼くんに余計な心配かけたくないし。
“あれ”がほんとに害があるものなのかもまだわかって

ない状況なんだもん……。

「……はぁ。おい、颯太。まだ誰かわかんないのか？」

　くるっと振り向いて、考え込んでいる様子の颯太くんに声をかける梓くん。

「うーん……。あれだけじゃ犯人の特定は難しいんだな」

　直接、七瀬さんに害を与えたわけじゃないし、と続ける颯太くんに、慌てて頷く。

「そうだよっ！　梓くん、心配しすぎだよ」

　“あれ”とは、先月からわたしの靴箱に入れられているラブレター……的なモノ。

　毎回、「七瀬さんのこと好き」とか「七瀬さんのことずっと見てる」とか書かれていて……。

　名前がない分、結構、不気味なんだよね……。

　本当は自分だけの問題にするつもりだったけど、梓くんは勘が鋭くて。

　「七瀬、どうかしたのか？」と、いち早く声をかけてくれたんだ。

　それで、梓くんは「これは生徒会だけの話」ってことで颯太くんにも姫ちゃんにも伝えたんだけど……。

「ねえ、音羽も心当たりはないんだよね？」

　可愛い顔をしかめっ面にして尋ねてくる姫ちゃん。

「うん……。おそらく、後輩かなと思ってるんだけどね」

　なんとなく、だけど。

　同級生は、こんな回りくどいことしないと思うんだ。

　ただの勘だからアテにならないかもだけど。

　わたしがそう言うと、梓くんは考えこんでいた頭を上げて。
「……七瀬。俺、今日からお前の護衛（ごえい）するわ」
　梓くんの言葉に目を丸くする。
　ご、ごえい!?
「ええっ！　悪いよ！」
　予想外の言葉に驚きが隠せない。
　“あれ”が入ってた次の日から車登校を徹底しているし。
　それに、めんどくさいじゃん！
　迷惑じゃん！
「……いや、危機感持った方がいいぞ、お前ほんとに」
　真面目な顔して言う梓くんだけど……。
「わたしなんかのために、そこまでしなくていいよ……！」
　梓くんがしてくれる恩を返せる自信がないよ？
　いつもしてもらってばっかりなのに。
　そんなのだめだよ。
「お前なぁ、なら天野さんにこのこと言えんのか？」
「うっ……」
　いま、翼くんを出すのはずるい。
　逆らうことが出来なくなるじゃん。
　じっと黙っているわたしを肯定ととったのか、梓くんはうなずいて。
「なら、決定。今日から学校外歩くときは一緒だから」
「梓くん……」
　梓くんは、ほんとに優しいんだ。

申し訳ないほどに。
「いいから。な、颯太たちも心配だろ？」
共感を求めるように尋ねる梓くんに。
「……そうだね。なにかあったらいけないし、ここは七瀬さん。梓に任せたら？」
たしかに、梓くんなら頼りになるんだけど。
「音羽。いいじゃん。わたしだって……し、心配だし！」
ふいっと恥ずかしげに言う姫ちゃん。
か、可愛いっ……！
「……うん、ありがとうみんな。梓くん、お願いします！」
せっかくこうやって言ってくれてるのに、無下(むげ)に断ったら逆に失礼だもんね。
なら、お言葉に甘えようかな。
「ん、じゃそーゆーことで。俺、ちょっと用事あるから教室戻るわ」
またも頷いて生徒会室から出ていった梓くんに、手を振って送り出す。
「梓くん、ほんとに優しいな……」
ポソッと呟くと、姫ちゃんが微妙な顔して「音羽だからじゃないの」と。
「え？」
わたし、だから？
どういうこと？
「こら、姫。余計なこと言わない」
ぺちっと姫ちゃんのおでこを叩く颯太くんにも、疑問が浮かぶ。

「七瀬さんは、しばらくの間、あいつに守られな」

　ぐっと親指を立てる颯太くん……。

　う〜ん、誤魔化したな！

「音羽は鈍感だね、うん」

　勝手にひとりで納得している姫ちゃんだけど。

　多分……、心配してくれてる、んだよね？

　なら、感謝感謝。

「また、なんか危ないことあったら言ってね。俺の出来ることもするから」

　颯太くんの言葉に「わたしも」と頷いてくれる姫ちゃん。

　わたし、ほんとにいい仲間に出会えたな……！

「うん、ありがと！」

＊＊＊＊＊

「音羽、なんか隠してないか？」

　次の日。

　休みだから、と翼くんとカフェでデート中。

　大好きなパンケーキを頬張っていたら、翼くんがそう聞いてきた。

「……ごフッ、ぐっ……」

「お、おい音羽。水！」

　飲め、と差し出されたグラスを受けとって、つまった喉を潤（うるお）す。

「ぷはっ……」

「その反応……。やっぱり隠してるだろ」

疑わしげに見つめてくる翼くんと目が合わないように気をつける。

だって……。

ほんとのこと言っちゃいそうになるんだもん……。

「な、なにもないですよ！」

慌てて取り繕うわたしに寂しげな顔をする翼くんへ、罪悪感が募る。

ごめんね、翼くん……。

「それじゃ、後輩からナンパとかされてないわけ？」

翼くんは、心配ごとばかりだなぁ。

こんなに心配されてるのにもっと不安にさせるなんて、彼女失格だよね。

「大丈夫ですよー？　わたしなんかより全然可愛い同級生がいますよ、きっと」

翼くんは、いま大学の医学部で頑張ってる。

勉強が大変だし、家のことで忙しいはずなのにこうやってわたしと会う時間は確保してくれてるんだもん。

これ以上わがままなんて言えないよ。

「そっか……」

ほっとしたように胸をなでおろす翼くんが愛しくなる。

「翼くんだって、大人の女の人にナンパされてるんじゃないですか？」

ぷぅ、と頬を膨らませて尋ねると。

「『可愛すぎる彼女がいるんで』って断ってるから」

だって。

サラッとカッコいいこと言わないでよ。

わたしの心臓壊す気ですか？

「こんなに愛おしい彼女がいるのに、浮気なんてするキャパない」

じっと見つめてくる翼くん。

わたし、ほんとに幸せ者なんだ。

「わたしだって、翼くん以上の人いないと思ってますよ？」

翼くんが、わたしの彼氏さん。

そんな現実が、付き合うことになって２年経った今でも信じられないんだから。

「ま、なんかあったら言うこと。わかったか？」

有無を言わせぬ瞳で見られると、「実は……」と言いそうになる。

それをぐっとこらえて、「はい！」と微笑む。

「ならいい」

これからどこ行こうか、と考えだす翼くんに申し訳ない気持ちでいっぱいになるけど。

解決してから、でもいいよね？

「わたし、遊園地行きたいです！」

だから、そのわたしの甘い判断のせいで大変なことになるなんて、そのときは考えもしてなかったんだ——。

＊　＊　＊　＊　＊

「今日も入ってたのか？」

朝。

約束どおり、校門の前で車を降り、梓くんと合流して下駄箱を覗くと。

また、……例のラブレターが入ってた。

「うん……」

今回の手紙は、いつもと雰囲気が違う。

なんというか……今までにない怪しい匂いがするんだ。

「見せろ」

わたしの手から手紙を奪って、梓くんは文を読みだすけど。

そのあと、目を見開いて手紙を自分のポケットにしまったんだ。

「えっ……、わたしには見せてくれないの？」

さすがに、わたし見る権利あるよ！

なにか嫌なこと書かれてたのかな。

「……七瀬は見るな」

鋭い切れ長の瞳でそう見つめられたら、「うん」としか言えなくなる。

「それじゃ、教室行くぞ」

「う、うん」

手紙のことは気になるけど。

梓くんがダメって言うなら仕方ない。

わたしには為す術もないからね。

教室に入ると、梓くんはそっとわたしから離れる。

多分、変な噂をたてられたらわたしが困ると気をつかってくれてるんだと思う。

　わたしが翼くんという２年前のカリスマ生徒会長と付き合っているのは、周知の事実だから。

　そんなところまで、気にしてくれてるんだ。

「音、元気ないけどどうしたの？」

　浮かない表情をしているわたしに、声をかけてくれる蘭に。

「また、“あれ”が入ってたの」

　誰にも聞かれないように、そっと耳うちする。

「そっか……。天野会長にはやっぱり、まだ言ってないの？」

　蘭は、翼くんが会長だった頃の名残りで、『会長』と呼ぶ。

　なんか不思議な気分だよね、今となっては。

「うん……。心配かけたくないの、絶対」

「……気持ちはわかるけどね」

　蘭も、彼氏がいる。

　朔斗先輩だね。

　だから、気持ちはわかってくれてる。

「ごめんね、蘭にも迷惑かけて」

　大好きな親友にも嘘をつかせてるんだもん、ほんとに自分が嫌になる。

「いいわよ、そんなの気にしなくて」

　サバサバしているからね、蘭は。

　細かいことは気にしないタイプだ。

「それより、蘭は朔斗先輩と順調なの？」

　蘭たちに限ってなにかあるなんて、そんなことはないと思うけど。

いちお、親友のことなんだから気になるよね。

「……昨日も会ったわよ」

蘭はあまり気持ちを表に出さないタイプだけど、朔斗先輩はそんな蘭のことをちゃんとわかってくれてるから。

だから、蘭も安心して隣にいれるんだろな。

うーん、そんな人に出会えて良かったね、蘭！

「わたしもだよー！」

ひひっと自慢する。

わたしの翼くん愛は留(とど)まることを知らないんだからね！

「はいはい、誰も疑ってないからね。あなたたちの仲なんて」

ラブラブじゃないの、だって。

バレたか～なんてね！

顔をにやにやさせていたら、どこぞから声が。

「音羽先輩」

「あっ、菜野(さいの)くん！」

声をかけてきたのは、１年生の菜野くん。

噂では、学年一のモテ男くんらしい。

「音羽先輩、今日も可愛いですね」

この爽やかな笑顔にノックアウトされる女子は何人いることか……。

お、恐ろしい。

「お世辞はいいよ！　それより、なんか用があったの？」

「あ、はい。突然なんですけど、先輩、倉庫の鍵(かぎ)持ってますか？」

「倉庫の鍵……」
いや、わたしは副会長なわけだから、全部の鍵は持ってるんだけど。
しまった、教室へ来る前に職員室に取りに行くの忘れてた……！
「ごめんね、菜野くん。昼休みでもいい？」
急ぎの用事だったら申し訳ない。
大丈夫かな？
「全然大丈夫です。なら、昼休みまた来ますね」
なんでも、午後の授業の準備を頼まれているらしく。
それなら、助けるほかないよね。
「うん、わかった」
菜野くんは、律儀（りちぎ）にお辞儀して自分のクラスの教室に帰っていったんだけど。
「……菜野くん、音のこと好きなんでしょうね」
蘭はぼそっとそんなことを言う。
「えっ!?　そんなわけないよ!?」
蘭ったら。
鋭い勘はどこへ行っちゃったの？
「なんでよ。だって、鍵を借りるなら会長でもいいんじゃないの？」
「……あ」
たしかに。
わたしだけじゃなくて、颯太くんも全部の鍵を持ち合わせてるもんね……。

「まあ、音の方が話しやすかっただけなのかもだけど」

仲良いもんね、と蘭。

「いやいや、なんかいつの間にか仲良くなってたんだよ！」

わたしもさ、菜野くんとなんでこんなに喋るようになったのかも覚えてないもん。

なんか、……流れ、みたいな？

「……はぁ。ほんと音は鈍感ね」

蘭が、呆れたため息をつくのは、わたしと出会ってから何十回目だろうか。

数えきれないよね……。

「うう……。でも、翼くんはそれも可愛いって言ってくれるもんね！」

「……天野会長は、音を溺愛してるからね」

フェアじゃないの、だって！

なんで！

翼くんは、正しいんだから！

「もう、先生来たよ」

サラッと流さないでほしいね！

まあ、さすがに先生来てもずっと立ってる勇気なんてないけどさ。

ムクレながら席に着くと、隣の席の梓くんがじっとこちらを見ていた。

「どうしたの？」

「……いや、なんでも」

心なしか、顔が赤いような……？

「前、向け」
　なになに。
　気になるじゃん。
「おーい、七瀬。朝から先生の話をシカトするとはいい度胸してるじゃねーか」
　じ――っと、梓くんを見つめてたら……。
　し、しまった。
「ほら、言っただろ」
　ニヤッと梓くん。
　い、意地悪なんだから……！
　このときは、なにも考えてなかった。
　まさかまさか。
　あんなことが起きるなんて――。

　昼休み。
　菜野くんがひょっこりわたしの教室を覗きに来て。
　わたしも待ってたから、ちょうど合流して倉庫に向かう。
「音羽先輩って、梓先輩と付き合ってるんですか？」
　だから、そんなド直球に聞かれると思ってなくて、驚きが隠せない。
「ええ！　ないない、違うよ！」
　菜野くんは、梓くんの部活の後輩。
　たしか、サッカー部だったかな。
　だから、梓くんのことはよく知ってるわけで。
　梓くんが、わたしなんかと付き合ってるだなんて、あり得ないじゃん！

「あ、違うんですか？」

逆に菜野くんが驚いてるっぽい。

勘違いにもほどがあるよ……。

「それじゃ、先輩は彼氏いないんですか？」

パチパチと目を瞬かせる菜野くん。

「ううん、この学園のね、元生徒会長が彼氏さんなんだ！」

翼くんのことになったら、何時間でも語れるんだからね！

舐(な)めてもらっちゃあ、困るよ。

「へぇ……。まあ、先輩なら彼氏いると思ってましたから」

ニコニコと微笑む菜野くん。

褒めて、くれてるんだよね？

「へへ、ありがと」

そんなこんなで話しているうちに、倉庫に到着。

ここの倉庫、まわりが暗くて気味悪い感じがするからあまり近寄りたくないんだよね……。

そんなことを思いながらジャラジャラの鍵たちをポケットから取り出して、そのひとつを鍵穴に差す。

――ガラッ。

「あ、開いたよ！」

……そう、後ろを向いた瞬間。

――ドンッ

「え……、菜野くん？」

なぜか、わたしは壁に体を押し当てられていて。

菜野くんが、至近距離で目の前に立っていた。
いま、どういう状況なのか、頭の整理が追いつかない。
「……先輩って、ほんとに危機感ないですよね」
菜野くんの瞳は、今までの優しさとは全然違って。
どこか危ない気がして。
……戸惑っちゃうよ。
「え……。さ、菜野くん？　どうしたの……？」
怖いよ、菜野くん。
なんでこんなことするの？
「俺、先輩に一目惚れしたんです。だから、どうしても俺のものにしたい」
妖(あや)しい笑みを浮かべる菜野くん。
ひと、めぼれ。
……なんで。
わたしなんかより、いい子がたくさんいるのに。
「……震えないでくださいよ、先輩」
そっと頬に伸ばされた手を反射的に振り払う。
「やだっ……！」
怖い、怖いよ……。
ふと、あのラブレターの件が頭に浮かぶ。
「……それじゃ、あの手紙も菜野くんなの？」
「はい。でも、そのせいで梓先輩がガードにまわったのは想定外だったんですけど」
……なんだ。
あの主は、こんなに近くにいたんだ。

菜野くん……、きっとこんなことする人じゃなかったのに。

わたしの、せいだよね。

「先輩は、俺のものです」

男の人の力になんて敵(かな)うはずもなく。

どんどん菜野くんの顔が近づいてきて。

どうすることも出来ないわたしが、無力で、弱くて。

ふっと、翼くんの顔が頭に浮かんで。

なんで相談しなかったんだろう。

自分の甘い判断がこんな結果になるなんて。

後悔で、涙いっぱいになって。

無理やり、キスをされ……そうになった、そのときだった。

——バンッ。

突然、倉庫の扉が荒々しく開いて。

「音羽になにしてんだよ、お前」

大好きな翼くんの、声がした。

こんなところにいるはずないのに。

今、大学で授業を受けてるはずなのに。

なんで……、助けてくれるの？

翼くんは、額に汗がいっぱいで。

急いで来てくれたことが瞬時にわかる。

こちらにツカツカと歩み寄って、菜野くんからわたしを引き剥(は)がす。

「大丈夫だったか……？」

不安そうな目で見つめられて。
大好きな人が目の前にいてくれることの安心感で、涙がどっと溢れる。
「はいっ……」
ぎゅっと抱きしめてくれる翼くんを抱きしめ返して。
翼くんは、菜野くんの方を見た。
「……おい、音羽になにしたんだお前」
翼くんのまわりには殺気が立っていて。
まともに見たら凍りつきそうな瞳で、菜野くんを見つめていた。
「……なんにもしてませんよ。未遂です」
当の菜野くんは、大して悪びれもせずにそう答える。
「……ふざけんなよ。音羽を怖がらせて泣かせてんのはお前だろうが」
「……ふっ。カッコいいですね、ヒーローみたいで」
蔑むような雰囲気で翼くんを見て。
「俺は、悪者なんで退散します」
そうヒラヒラと手を振って倉庫から出ていこうとする菜野くんに。
駆け出そうとした翼くんを制御する。
「大丈夫です、翼くん」
「音羽……」
優しく頬を撫でてくれて。
心配してくれてるだけで、わたしはもう充分だよ?
「ほんとにごめんなさい、翼くん。わたしが相談しなかったばかりにこんな……」

ほんとに仕方ない彼女だよ……。

心配かけて、迷惑かけて。

「そんなのいいから。どうせ、俺のこと気にしてたんだろ？」

優しく微笑んでそう理解してくれてる翼くんが大好きで。

「いえ……、わたしが悪いんです」

と、そこまで言って。

あっ、と気づく。

「翼くん……！　授業どうしたんですか！」

助けてくれたのはこれ以上ない恩だけど。

授業をサボってきたなら話が違う。

「……音羽、俺、昨日会ったときに今日は大学ないって言ったはずだけど？」

「え」

や、やってしまった。

昨日会ったとき、うわの空で聞いてなかったよ……！

「まあ、そのおかげで宇城から連絡もらって、助けに来れたから良かったけど」

蘭……。

わたしが帰ってこなくて心配してくれたんだ。

しかも、それを翼くんに伝えてくれる判断力がすごいんだ。

最高の親友を持ったよ、わたし。

「宇城にはもう、見つかったって伝えといたから」

しかも、なんてステキな彼氏を持ったんだろうか、わたしは。

幸せすぎませんか!?

「それで、梓って誰なんだ音羽？」

あれ、なんか翼くんの目が笑ってないような……。

き、気のせいかな!?

「いや、その……ボディガードになってくれてたわたしのクラスメートで……」

「ボディガードとか、なにそれ」

「あの、断ったんですけど……ね？」

「ふーん……」

あ、これってヤキモチ!?

翼くん、可愛い……！

「まあ、助けにきたのは俺だし」

だって。

子供みたいなドヤ顔をする翼くんが愛しくて。

またこの人を離したくない、と思った。

「ありがとうございます！　へへ……」

好きで好きで仕方なくて。

そんな人に出会えたことに、毎日、感謝してる。

「これからは、本当になんかあったら言えよ」

「はい！　もちのろんです！」

結局、心配かけちゃうんだもん、先に言った方がいいんだってわかったから。

学習するよ！

「……ん。それじゃ、もう音羽は戻った方がいい」
「あっ！」
　慌てて校舎の時計を見ると……、予鈴の５分前！
「ほんとですね！」
　早く戻らなきゃ、と思って翼くんのほうを向いたら。
　翼くんはわたしの腕を引いて……頬にキスをした。
「つ、つつつ翼くん！」
　ここ学校ですよ!?
「寂しいから。いいだろ？」
　満足気に微笑む翼くんに、文句なんか言えない。
「はい……。仕方ないですね！」
　なんか、２年前に戻ったみたいで。
　懐かしくなった。
「それじゃ、行きますね！」
「ん」

デートは３組で。

「お久しぶりです。翼先輩、朔斗先輩」
「……おう」
「久しぶり」
　ある日の休み。
　わたしたちは近所の夏祭りに来ている。
　わたしたちというのは、わたしと翼くん、蘭と朔斗先輩、姫ちゃんと颯太くんである。
　わたしと姫ちゃんと蘭で話してたら、姫ちゃんが「音羽と蘭の彼氏さんに会いたい！」って言い出して。
　それなら翼くんと朔斗先輩、それに颯太くんも呼んでトリプルデートするか！ってなったわけ。
　まあ、翼くんに言ったら「音羽とふたりだけがよかったけど」と、デレられたのは秘密ね。
「きみが藤木さん？」
　朔斗先輩、持ち前の話しやすさで姫ちゃんに声をかける。
「はい」
　多分、姫ちゃんは翼くんや朔斗先輩とはあまり関わりがなかったのか、すごく緊張してる。
「朔斗先輩、姫は俺の彼女ですから手を出さないでくださいよ？」
　颯太くんたら真面目な顔で。
　冗談言うね、うん。

　朔斗先輩は、もうそんなにチャラくないんだからね。
「はは。大丈夫だよ？　俺は蘭だけだから」
　なになに。
　朔斗先輩の声にトゲを感じるのは気のせい……？
　ちょっと、謎の雰囲気で争うのやめてよ。
「音羽、行くぞ」
　手を繋(つな)いで歩きだそうとする翼くんに着いて行く。
　それに続いてバチバチしていた２カップルは、あとに着いて来た。
「音羽、浴衣(ゆかた)似合ってる」
　ぼそっと耳のそばで囁く翼くんに、ドキドキが止まらない。
「は、反則ですよ！」
　わたしの心臓、ドクドクなんですけど！
　卒倒しますよ、下手したら！
　余韻に浸っているわたしに翼くんは口を開いて。
「……そう言えば、音羽。また告(コク)られたんだって？」
「……はは」
　なんと情報が早い。
　きっと、蘭だな。
「しかも、あの梓とかいう男なんだろ？」
　むっとした顔で聞いてくるけど。
　心配するようなことないよ？
「梓くんは、『七瀬とどうこうなりたいなんて思ってないから』って言ってくれたんで、大丈夫ですよ」

あのときはびっくりしたけど。

梓くんは、わたしに翼くんがいるのを知ってるから、気遣ってそう言ってくれたんだ。

ほんとに、優しい男だよ、梓くんは。

「……そうか」

遠い目をしてる翼くん。

「はい」

安心させるようにしっかり頷く。

「音羽、蘭！　一緒にりんご飴買いに行かない？」

そうしたら、姫ちゃんがそう声をかけてきた。

「行く！」

「いいじゃない、行きましょ」

わたしたちふたりに異論はない。

「翼くん、ちょっと行ってくるね」

繋いでいた手を離してそう言うと、翼くんは「ん」と言って了解してくれた。

女子３人で並んで、りんご飴の屋台に向かう。

「音羽と蘭さ、あんなに先輩たちカッコよくなって、不安にならないの？」

呼び出して、それを聞きたかったのか姫ちゃんは尋ねてくる。

「不安、か……」

不安にならないわけではないけど。

翼くんのこと信じてるから。

「わたしは、ないかな！」

　翼くんはいつも愛情表現してくれるし。
「わたしも、ないわね」
　蘭も、朔斗先輩に愛されてるもんね！
「そっかぁ。わたし、颯太と離れるなんて考えられないんだよね……」
　悲しそうに姫ちゃんはそう呟く。
　姫ちゃん……。
　それはきっと、大学での話をしてるんだと悟る。
　姫ちゃんは料理の専門学校に通うつもりで、颯太くんは翼くんの通う大学に入学したいっていうのはもともと聞いてたから。
　離れたあとが、不安なんだろうな。
　こうやって会える機会も少なくなるし。
　きっと不安だらけだよね。
「姫。あのね、颯太くんがそんなことで姫を離す男だと思うの？」
　わたしが口を開きかけたけど。
　蘭が、そう姫ちゃんに問いかけた。
「いや……、それはきっとないと思う……」
「なら、信じてみれば？　颯太くんは姫のこと大事にしてくれてるし」
　そう言う蘭にしっかと頷く。
　そうだよ。
　遠距離なんてね、自分たちが信じあって、不安があっても解消し合うのが大切なんだ。

　ひとりでも不安があったら、いつの間にかこじれてくるからね。
「姫ちゃん。わたしだって、不安だったよ。翼くんが卒業するとき」
　あのときは、ほんとにほんとに寂しかったもん。
　実感わかないし、とにかく会えなくなるのが怖かった。
「でもね、翼くんもわたしもそれを乗り越えたから今もこうやって過ごせてるんだ」
　なんか語っちゃったけど。
　許してね、姫ちゃん。
「……そうだね。ありがとう、蘭も音羽も」
　勇気が出た！　と姫ちゃん。
　それなら良かった！
「どういたしまして！」
「どういたしまして」
　誰かの支えになるってステキなことだね。
　姫ちゃんの笑顔を見て改めて思ったよ。
「よし、りんご飴買おうか！」
　美味しそう！　とりんご飴を見て３人でハモってから、６人分購入する。
「早く戻ろうか！」
　そうやってもとの場所に戻ろうとしたけど。
「ねぇねぇ、君たち。めちゃくちゃ可愛いね」
　ニヤニヤ顔の男の人に絡まれてしまった。
　さ、最悪だ……。

ここに来てもナンパされるなんて……。

「……どいてください」

蘭は毅然とそう言うけれど。

しつこい男の３人組は退いてくれるはずもなく。

「いいじゃん、俺たちと遊ぼうよ」

ニヤニヤと笑う男たちに困ってしまう。

「ちょっと、やめてください」

姫ちゃんもそう訴えるけど。

シカトされる。

めんどくさいのに引っかかっちゃった……と、翼くんたちから離れたことを後悔していたら。

後ろから、温もりを感じた。

慌てて振り向くと、そこには翼くんが引っ付いていて。

蘭と姫ちゃんも見ると、それぞれ颯太くんと朔斗先輩に守られていた。

「俺らの彼女になにナンパしてんの？」

颯太くんがいつもと違う、怒りの雰囲気を醸し出す。

「はっ……、彼氏いたのかよ」

そう、ちっ……と舌打ちしてどこかへ去っていった男たち。

「心配になって探しに来たら、やっぱりこうだ」

可愛い彼女は困る、と翼くん。

見ると、むくれていた。

「ごめんなさい。でも、翼くんが来てくれたから、なにもありませんでしたよ！」

「……そんなこと言っても許さないから」
ずるい、だって。
んー、なにが？
「ま、無事で良かったけど」
「はい、ありがとうございます！」
守られてばっかりだね、わたし。
わたしも翼くんを守れるくらい、もっと強くならなきゃ。
「もう行こう」
翼くんは、ちらっと蘭たちを見て、わたしの手を引いた。
たしかに、みんないい雰囲気だからね。
邪魔したくないよね。
それに、翼くんとふたりでまわりたいという気持ちもあるし。
「そうですね！」
同意して、歩き出す。
「あ、そういえばこれ」
いま気づいたけど、りんご飴、ずっと持ってたよ。
せっかく翼くんの分も買ってきたんだから食べてもらわなきゃね。
「お、ありがと」
翼くん、甘党なのか心なしか嬉しそう。
喜んでもらえたなら、それが一番！
「音羽、もう少しで花火があがるはずだし、見えるとこ行こ」
「そうですね！」
花火かぁ。

　そういえば、２年前の文化祭のときもふたりで見たなぁ。
　あれから２年も経ったんだね。
　……感慨(かんがい)深い。
「なにしんみりしてんの？」
　不信そうにわたしを見つめる翼くん。
「いや、懐かしいなあ、なんて」
　その言葉で理解したのか、翼くんは「ほんとだな」と頷いてくれた。
「音羽と出会って２年半くらいか」
　翼くんだってしんみりしてるじゃん。
　……なんて、言わないけどね。
「ほんとですよ。あの頃と、変わらないですね」
　いい意味で、だよ。
　わたしたちの関係は不滅(ふめつ)なんだからね！
「ああ」
　まあ、わたしの場合は日に日に大好きになってるっていうのはあるけどね！
　恥ずかしいからそんなの言わないけど！
「そういえば、音羽は服飾関係の専門学校に行くんだって？」
　またまた情報が早い。
　蘭と裏で情報交換？　なんていう取り引きを繰り広げてるんだ。
「はい。ママたちの会社を継ぎたいんで！」
　ママとパパが創(つく)った会社をわたしが継ぎたいんだ。

それは容易(たやす)いことじゃないけど、それでも携(たずさ)わりたい。
「かっこいいな、音羽は」
「へへ。ありがとうございます！」
翼くんに褒められたらニヤニヤが止まんないよ。
「翼くんだって、医者になるために頑張ってるの、かっこいいですよ？」
わたしなんかより。
翼くんの方が努力家だよ。
尊敬の塊ってやつだね。
「音羽を養うためだし」
おっと！
それは問題発言じゃないですか!?
「わたしと将来も一緒にいてくれるんですか!?」
なんて嬉しいことを言ってくれるんだ！
しかも超サラッと！
きゅん死だよ、きゅん死。
「は、なに。音羽は俺と将来すごすのヤなわけ？」
「ま、まままままさか！」
そんな贅沢者(ぜいたくもの)どこにいるんですか！
「なら文句なし」
文句だなんて。
つけようがないよ！
「へへ、翼くんと過ごせる将来なんて、未来のわたしは超幸せ者ですね」
翼くんにそう微笑みかける。

「音羽って天然すぎ」

困った、と眉を下げる翼くん。

ええ、もう慣れたでしょ？

「ま、そこが可愛いし、好きなんだけど」

お決まりだけど、……もう大好き。

こんなわたしを愛してくれてるんだから。

「わたしも、翼くんの全部が大好きです」

どこ、ってあげたらキリないもん。

全部、全部愛すべきところだから。

「ん。俺も」

よしよしと髪が崩れないように気をつけて頭を撫でてくれるその優しさも。

「そのうち、音羽の親御さんに挨拶でも行かないと」

「あはは……。多分、どちらも喜びますよ。きっと」

なんたって、ママもパパも翼くんのこと信頼してるしね。

反対とかないよ、絶対ね。

「わたしの方こそ、翼くんの親御さんに挨拶が必要ですね」

未来のお医者さんの妻になるんだもん。

覚悟がいろいろいるし。

「いや、音羽なら反対しないと思うけど」

「ふふ、嬉しいです」

まあ、なにがあるかわからないけど。

いままで、わたしたちは乗り越えてきたから。

大丈夫だよね？

「あ。花火」

翼くんがそういった途端（とたん）、ひゅー、と音が聞こえて。

――パーン！

花火が咲いた。

「綺麗……」

大きくて、届かなくて。

そんな花火は、翼くんみたいだと思った。

「音羽。……俺の隣にいてくれてありがとう」

「え……」

突然どうしたんだろう、と思って翼くんを見ると、じっとわたしを見つめていて。

「俺、ほんとに音羽に支えられてるから」

と、真摯な瞳で伝えてくれた。

「そんなことないですよ！　わたしだって、翼くんに支えられまくってますもん……！」

支えられて、守られて。そんなの、わたしの方がだよ。

「……なら、お互い様か」

翼くんがふわっと優しい笑みを浮かべて、何度も咲く花火をまた見上げた。

「ほんとですね」

お互い支え合ってるんだもん。

ほんとにそんな人に出会えて良かったな。

「好きだよ、音羽」

離さない、とでも言うように。

わたしを抱きしめて、そう呟いた。

「わたしも、です」

何回、何十回言っても足りない。

好きで、好きで、大好きで。愛して止まない人。

「あ、言い忘れてたけど、璃玖たち結婚するらしい」

「え!!」

なんとびっくり！

須藤先輩と、遊佐先輩が結婚するなんて……！

「それは、お祝いしないと、ですね！」

そんな歳になったんだね、わたしたち。

まだまだ子供のような気がする。

「ああ。次は……俺らかな？」

ニヤッと不敵な笑みを浮かべる翼くんに。

「ですかね？」

と微笑み返す。

そんな未来が来たらいいな。そう、思った。

「なら、俺から離れるなよ、音羽」

もう、心配しすぎなんですよ？

わたしがどれほど翼くんに溺れているか。

「もちろんですよ！」

離れる気なんて、さらさらないんですからね。

「ん。これからも、音羽の席は俺の隣だから」

最後の花火があがったとき。

「はい……！」

——翼くんは、わたしのことを甘やかす。

end

☆
☆
☆
☆

特別書き下ろし番外編

未来の、わたしたちは。

「語学留学……？」
　専門学校の推薦も取れ、晴れて18歳になったばかりのある日。
　両親からそんな話を聞いた。
「音ちゃん、翼くんがあちらに行っちゃってから、ずっと元気がないでしょ？　だから語学留学っていう目的で、翼くんを1ヶ月間支えてきたらどうかな～って思ったのよ」
　ママがいつもの優しい笑みを浮かべて、そう言ってくれる。
　そう、実は翼くんはいま、海外にいる。
　大学の医学部に通っていたんだけど、お父様の意向で、アメリカの医大に３ヶ月間留学をしているの。
　もちろん、3ヶ月間だけでも近くにいないのは寂しいけれど、やっぱり翼くんの夢を応援したいから笑顔で見送ったんだ。
　でも、会いたくて仕方ない。
　そんな俯いてばかりのわたしに、ママたちは気を遣ってくれたんだろう。
「もちろん行く！　ママ、ありがとう」
　本当は、会えなくても遠くから支えられるような彼女になりたかったけれど。
　そんなこと言ってられないくらいに、翼くん不足なんだ。

「そう言うと思ったわ。早速、手配しておくわね」
「ありがとうママ！」
　ほんとに、ママはなんでもお見通し。
　いくつになっても勝てないと思う。
「翼くんをしっかり支えてくるんだぞ」
　そう、涙ぐみながらも背中を押してくれるパパ。
　きっと、パパはこのことに反対したと思う。
　だって、わたしひとりで遠いところに行ったことがなかったから。
　どこに行くにしても、絶対にハルさんがついていたし。
　親バカのパパがわたしひとりでの外出を許してくれた試しがなくて。
　ましてや、海外だなんてありえない。
　そんな心配性のパパがこうやって言ってくれるのは、おそらくわたしがもう何年かで成人するから。
　旅立つわたしを、見守ろうとしてくれてるんだろうな。
　そう思うと、大人になるって嬉しいことだけど寂しいんだよね……。
　そんなことを思いながら「ありがと！」と頷く。
　初のひとり旅。
　翼くんに会いに行く。
　ちょっぴり不安な気持ちもあるけれど。
　せっかくなんだから、良いところを翼くんに見せたいな。
「あ、翼くんには言っといたからね」
　──ママの話が早すぎるのは相変わらずで。

＊＊＊＊＊

そして、語学留学へ出発。

「ど、どこ……!?」

日本を飛び立ってから十何時間。

やっと飛行機を降り、ただいま海外の空港にひとりぼっち。

いや、正確には、周りに見知らぬ人がたくさんいて、ひとりではないんだけど、頼れる人は誰もいない。

慣れない土地に足を踏み入れた緊張で、より一層寂しさを感じてしまう。

そして、わたしが探しているのは翼くん。

一応、待ち合わせの場所には来たんだけど。

「いない……」

え、翼くんまさかの寝坊……!?

今日に限って!?

なんて、ありえないことを考えてしまうけど。

不安だよ……。

どうすればいいのかわからなくて、スマホを使って翼くんに連絡を試みることにする。

だけど……。

そんなことをしなくとも。

ふわっと感じたことのある空気が漂って。

誰かが……、ううん。

——翼くんが、わたしを後ろから抱きしめた。

「……音羽」

聞きなれた、でも聞きたかった大好きな声が耳元でして。

会いたかった気持ちがあふれ出す。

「翼くん……！」

久しぶりに翼くんを近くで感じることができて、感激と嬉しさに心が暖まる。

数ヶ月ぶりの翼くんは、前よりももっともっとカッコ良くなっていて、大人の色気にクラクラしそうになる。

「超超心配だった」

ちょびっと拗ねたみたいな、でも大好きな声がする。

「……心配性は、相変わらずですね。翼くん」

ずっと言ってるけど。

もう、わたし高３も終わりだよ？

ちょっとだけでも、翼くんに追いついたと思ってたのに！

……でも、そんな翼くんが愛おしいんだ。

「当たり前じゃん。誰かに連れ去られてるんじゃないかとか、めっちゃ考えたし」

「え……!?」

そ、そこまで!?

さすがのわたしも、そこまではないと思うよ？

「でも、会えて良かった」

離れてから気づくんだよね。

大切な人がそばにいることの幸せが。

だからこそ、愛が倍増するんだよ。

「本当ですよ！　翼くんに会いたくて会いたくて、この日が待ち遠しかったですもん」

留学が決まった日から、密かにカウントダウンしてたんだからね！

ハルさんには『……お元気そうでなによりです』と呆れられたけどね！

「……俺も」

もう一度、微笑み合って歩き出す。

「えっと……どこ行くんですか？」

歩きながら言うことじゃないけれど。

わたしがこっちに来るって決まったとき、翼くんがぜんぶ案内してくれるって言ってくれたために、まだなにも知らない。

１ヶ月、どこに泊まるのかさえも知らない状態なの。

「いいから、ついて来て」

急かすわたしを宥めて、そう言う翼くんについて行くこと30分――。

「きれーい！」

なんと、連れてこられたのは翼くんの住んでる高層マンション！

海外だからか、エレベーターまでもがとっても大きくて天井も高い。

部屋の窓からは、映画で良く見て憧れていたセントラルパークも一望できる。

こ、これは、なんて素敵……！

夢みたい！

「音羽」
　そのスケールに感激しているわたしに、翼くんは懐かしいその優しい言葉で。
「おいで」
　そう囁いた。
　翼くんに駆け寄って、ぎゅっと抱きつきに行く。
「……わたし、翼くん不足でどうなるかと思いました」
　翼くんの胸に顔をうずめながらそう呟く。
　たったの数ヶ月。
　それだけなのに、わたしは耐えられなくて。
「……俺だって。慣れない生活でひとり必死に頑張ってたけど、音羽に会ったら安心して倒れそうだわ」
　そう言いながら、翼くんはわたしに自分の体を預けるようにもたれてくる。
「……大丈夫です。翼くんにはわたしがついています」
　無敵、なわけではないけど。
　翼くんといると、なんでも出来てしまいそうになる。
　こんなことで、こんなわたしで、翼くんが落ち着くのなら出来る限りのことをしたい。
　翼くんのこと、支えてあげたいから。
「……ん。ありがと音羽」
　音羽がいちばんの元気の源、と翼くん。
　そんなこと言って……、わたしを甘やかす天才なんだから。
「お互い様です！」

　わたしだって、ずっとずっと支えられてるんだからね？
　わたしには翼くんが必要すぎて。
「……そういや、ここには俺と音羽しかいない。……正真正銘のふたりっきりだよな？」
　急に口角をあげて、そんなことを言う翼くんだけど。
　……ん？
　翼くんの纏う空気が甘くなってきたのは、わたしの気のせい……!?
「あはは……、さぁさぁ、なにか作りましょうか！」
　誤魔化し程度だけども。
　どんどん翼くんの整った顔が近づいてくるのは、気のせいではなさそうだ……！
「おーとーは。逃げられると思うなよ？」
「わわっ……！」
　翼くんは、わたしをさっきよりも強く抱きしめて。
「……んんっ」
　とろけそうな、甘い甘いキスを交わした。
「だれよりも愛してるから」
　合間にそう、囁く翼くんが大好きで。
「わたしも、翼くんが世界一です」
　じっと見つめ合い、微笑んでそう語りかける。
「音羽、綺麗になったな」
　数ヶ月なのにびっくりだ、と翼くんは苦笑する。
「翼くんにふさわしい女の人になるために、頑張ったんですよ？」

大好きな人に『綺麗』と言われてにやけてしまう。

「……やっぱ我慢できない」

翼くんは、突然そう言うとまたキスをしてきて。

「つ、つば……！」

さ、さすがにわたしも恥ずかしいよ……っ！

そんないっぱいいっぱいのわたしに気づいたのか、翼くんは仕方なさそうに顔を遠ざけた。

「……ん。まあ、これから１ヶ月間は甘やかし放題だし。今日はこの辺で止めとく」

「……甘やかし放題」

それは危険な匂いがするのですが……。

「なに、まだ足りないわけ？」

戸惑って赤面してるわたしに、意地悪くそう尋ねてくる翼くん。

「ち、違いますよ！　もう耐えられる予感がしなくて……」

……ちょっと待って。

わ、わたしなんかとんでもなく恥ずかしいことを言ってしまった気がする……。

「へぇ、俺に可愛がられる準備はできてるんだ？」

「なっ……！」

久しぶりに会ったかと思えば、とんでもなく甘々なんだから！

「音羽、ずっと言おうと思ってたんだけど」

今度はぐっと真剣なムードになるし。

切り替えについていけない。

　でも改まって、なんだろう……？
　翼くんの言葉に、しっかり頷く。
「音羽が専門学校を卒業して、俺が医者として一人前になれたら……」
　まさか。
　あわよくば、期待してしまう。
　じっと真摯な瞳を向けている彼が口にする言葉は。
　……将来を約束する言葉じゃないかって。
「俺と、結婚しよう」
　思いがけないサプライズに、どっと涙が溢れる。
「……つばさ、くん」
　そんなの、心の準備が出来てないのに。
　不意打ちで、プロポーズなんてズルすぎるよ……。
「俺は音羽じゃないとダメなんだ。音羽が隣にいてくれないと」
　涙が止まらなくて、でも翼くんから離れないわたしの頭を優しく撫でる翼くん。
　……ほんっとうに、翼くんはわたしの扱いがうまいんだ。
「わたしだって、翼くんじゃないとダメなんです」
　涙は止まらないけれど、しっかりと翼くんの瞳を見つめる。
「……うん」
「だからっ……、こんなわたしだけどよろしくお願いします……！」
　幸せすぎて、おかしくなりそうなほどに。

わたし、こんなに愛されて幸せで良いのかな……。

「……良かった。これで、本当の意味で音羽は俺の女じゃん」

翼くんが、いままでで一番の笑顔でそう言う。

「……もうっ、翼くん愛してます」

何度と言っても伝えきれない気がする。

誰よりも、想いを伝えて愛したい。

「だから、もっともっと独占する」

翼くんは、ヤキモチ妬きで。

「ひゃっ……翼くん!?」

わたしには、甘くて。

「1ヶ月あればキスマークなんて消えるだろ？」

ときどき、意地悪で。

「音羽」

「……はい」

「誰にもあげない」

——きっと、ずっと甘やかされる未来はすぐそこに。

end

あとがき

afterword

はじめまして、朱珠*です。
このたびは『憧れの学園王子と近キョリ同居はじめました♡』を手に取ってくださり、本当にありがとうございます。

今作は、わたし自身はじめて執筆した長編作品でした。きっかけは、はじめは『同居』という突拍子もない話をただ思いつきで書いていただけだったのですが、途中で読者の方になにかを伝えられる作品でありたい、と思ったことです。

根気がなく、諦めの早いわたしがこの作品を完結することができ、一冊の本にさせていただくことができたのは、読者の皆さまの存在があったからです。
本当にありがとうございました！

さて、パワフルで純粋な音羽とクールで彼女にだけ甘い翼。どんどん甘々になっていく翼と、どこまでも天然な音羽を書くのはとても楽しかったです。
先輩後輩という歳の差はあるのですが、音羽の天真爛漫な性格のおかげでふたりがどんどん打ち解けていく様子は、作者のわたしも書きながらほっこりしておりました。

音羽と翼だけでなく、どの登場人物も愛すべきところがありますので、いろんな角度から見ていただいて楽しんでくださったら幸いです！

冷静な蘭との掛け合いも、個人的には好きだったり……（笑）皆さまにも、音羽や翼を愛していただけたら嬉しいです。

最後になりましたが、素敵すぎるイラストを書いてくださった甘里シュガー様、この作品に携わってくださったすべての方にお礼申し上げます。

この出会いに感謝と愛を込めて。

2020年9月25日　朱珠*

作・朱珠*（すず）

大阪府在住。根っからのインドア派だけれど、テニスは好き。丸いものと漢字も好き。ＬＤＨの推しをこよなく愛し、追っかけを一番の生き甲斐としている。2020年に本作で書籍化デビュー。ケータイ小説サイト「野いちご」にて執筆活動中。

絵・甘里シュガー（あまさと しゅがー）

漫画家。主な作品に『そのボイス、有料ですか？』（講談社／全２巻／原作：さなだはつね）、『はちみつトラップ』（講談社／分冊版全８巻）、『星くんは恋を忘れてる』（講談社／全２巻）などがある。趣味は乙女ゲームをやること、料理、ネイル。

ファンレターのあて先

〒104-0031
東京都中央区京橋1-3-1
八重洲口大栄ビル7F
スターツ出版（株）書籍編集部 気付
朱珠*先生

憧れの学園王子と甘々な
近キョリ同居はじめました♡

2020年 9月25日　初版第1刷発行

著　者　朱珠*

発行人　菊地修一

デザイン　カバー　ナルティス：粟村佳苗
フォーマット　黒門ビリー＆フラミンゴスタジオ

DTP　朝日メディアインターナショナル株式会社

編　集　野田佳代子

発行所　スターツ出版株式会社
〒104-0031 東京都中央区京橋1-3-1　八重洲口大栄ビル7F
出版マーケティンググループ　TEL03-6202-0386
（ご注文等に関するお問い合わせ）
https://starts-pub.jp/

印刷所　共同印刷株式会社

Printed in Japan

ISBN 978-4-8137-0972-5　C0193